우리 집 멍멍이는 열일곱

**OIYUKU AIKEN TO KURASHITA KAKEGAE NO NAI HIBI
WANKO 17SAI**

©SAETAKA 2023

First published in Japan in 2023 by KADOKAWA CORPORATION, Tokyo.
Korean translation rights arranged with KADOKAWA CORPORATION, Tokyo
through BC Agency.

우리 집
멍멍이는
열일곱

사에타카 지음
권남희 옮김

반려견과 살아가는
더할 나위 없이 소중한 날들

SIGONGSA

우리 쿠리는 어릴 때
엄마 앞발 사이를
떠나지 않는
아이였다.

여름에는
천둥소리가 무서워
책상 밑으로 기어들어 와
떨었다.

겨울에는
지붕에서 눈 떨어지는
소리가 무서워
집안일을 하는 동안
줄곧 내 발밑에
있었다.

열일곱 살이 된 쿠리는
이제 천둥소리도,
눈 떨어지는 소리도
아무것도 들리지 않게 됐지만
여전히 내 발밑에 있다.

산책 중에
지침

2004년 7월. 신문 독자란에서 본 짧은 글 하나가 우리 쿠리와의 첫 만남이었다.

'입양하실 분 있나요. 시바견 믹스 강아지 5마리.'

요즘은 이런 글을 잘 볼 수 없지만, 그때만 해도 새끼 강아지나 고양이 입양 글이 신문 지역 정보 코너에 종종 실렸다. 초봄부터 줄곧 그런 글을 찾고 있던 나는 투고를 발견하고 기뻐서 어쩔 줄 몰라 했다. 그때 일을 생각하면 지금도 실실 웃음이 난다.

전에 키우던 반려견이 무지개다리를 건넌 지 반년쯤 됐을 때였다. 오랫동안 함께 지내 온 할머니의 상심은 이루 말할 수 없었다. 그러나 나이를 생각하면 다시 강아지를 키

우는 것은 무리라며 포기한 상태였다. 그런 상황에서 결혼 후 이웃 마을에서 살게 된 우리가 강아지를 입양하기로 마음먹었다. 신문 독자란에서 입양 글을 발견하고는 곧바로 할머니를 모시고 글을 올린 분의 댁으로 강아지를 보러 갔다.

"죄송합니다. 실은 좀 전에 보러 오신 분이 다 데리고 가 버려서요."

현관 앞에서 그 댁 아주머니가 미안해하며 말했다.

"앗! 그러면 한발 늦은 건가요?"

"아직 태어난 지 얼마 안 돼서 우리도 좀 더 모견과 함

께 두고 싶었는데요, 하도 간곡히 부탁해서……. 근데 한 아이만은 모견과 떼어 놓고 싶지 않아서 보내지 않았어요."

아주머니가 안고 나온 것은 잔뜩 겁먹은 표정을 짓고 있는 붉은색 털의 자그마한 강아지였다. 시바견을 닮긴 했지만 코끝이 약간 길고 큼직한 세모 모양의 귀가 축 처져 있었다. 가느다란 꼬리 끝은 하얗고, 양쪽 발에는 마치 흰 양말을 신은 듯한 털이 나 있었다. 할머니와 나는 보자마자 동시에 소리를 질렀다.

"아악! 귀여워!!"

"이 아이는 집에 남겨 두려고 했는데……. 한번 안아 보시겠어요?"

그 말에 나는 그 조그맣고 보들보들한 아이를 안았다. 모견은 그때 열한 살이라고 했다. 지금 돌이켜 보면 이 아이를 남겨 두고 싶은 마음은 보호자의 진심이었을 듯하다. 하지만 잔뜩 겁먹은 얼굴로 품속에서 떨고 있는 조그마한 아이를 안고 있자니 앞으로 이 아이와 함께 보낼 반짝거리는 미래밖에 떠오르지 않았다.

"부탁합니다! 소중히 키우겠습니다!"

이렇게 해서 만나게 된 우리 쿠리. 이때는 태어난 지한 달 정도밖에 되지 않아서 생후 3개월이 되는 가을까지모견 옆에 두기로 했다. 그리고 기다리고 기다린 끝에 드디어 할머니와 함께 쿠리를 데리러 갔다. 그새 조금 자란 쿠리는 조수석 할머니 무릎에 얌전히 자리 잡았다. 할머니는쿠리 이마에 얼굴을 가까이 대고 기뻐했다.

"오호호, 개 냄새. 귀여워라."

쿠리는 할머니를 무척 좋아했다.

집에 도착한 쿠리는 탐색하듯 집 안을 천천히 걸어 다녔는데, 겁이 많아서 좀처럼 뛰지 않았다. 그리고 내내 어딘가 언짢은 얼굴이었다. 그때 남편이 퇴근해서 돌아왔다. 남편과 쿠리의 첫 대면. 쿠리는 현관에 있는 남편을 향해 다다다다닥 달려갔고, 남편은 생각지도 못한 환영에 깜짝 놀라며 쿠리의 인사에 답해 줬다.

"와! 귀엽네! 꼬리를 흔들어! 안녕, 잘 부탁한다!"

쿠리는 남편도 바로 좋아했다. 그 후 17년 이상 함께 살면서 이날은 지금도 신기한 날로 남아 있다. 사실 쿠리는 차를 너무 무서워하는 아이였다. 차만 타면 계속 달달 떨고 짖어서 드라이브는 언제나 진이 빠지는 일이었고, 얌전하고 착하게 앉아 있었던 건 그날 할머니 무릎 위에서뿐이었다. 또 가족 이외에는 아무도 따르지 않는 아이였다. 택배 기사에게조차 사정없이 짖어 대서 이웃에게 미안한 적이 한두 번이 아니었다. 현관에서 처음 본 사람에게 꼬리를 흔든 것은 남편이 처음이자 마지막이었다.

우리 집 멍멍이는 열일곱

생후 3개월이었는데 가족이란 걸 어떻게 알았을까? 그 후로 쿠리는 우리 가족 모두를 무척 좋아했다. 한 살이 돼도, 세 살이 돼도, 5년이 지나도, 10년이 지나도…….

우리 쿠리는 특별할 것 없는, 어디서나 흔히 볼 수 있는 평범한 믹스견이다. 조금 겁이 많고, 고집이 세고, 츤데레*였다. '손'이나 '엎드려' 같은 간단한 명령도 (알면서) 잘 따르지 않았다. 조금 떨어진 곳에서 가족의 일상을 보는 걸 좋아했는데, 아무것도 아닌 지극히 평범한 날들을 가족과

*　옮긴이 주: 무심한 척하면서 챙기는 스타일.

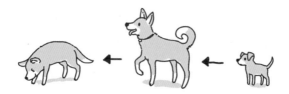

함께 보내는 걸 무엇보다 좋아하는 아이였다.

그런 쿠리도 나이를 먹었다. 그리고 노령견 쿠리의 생활을 트위터(현 X)에 올렸더니 뜻밖에도 많은 분이 호응해 주셔서 이렇게 한 권의 책으로 나왔다. 어릴 때도 아주 힘들고 아주 귀여웠지만, 열다섯 살이 지나 몸을 잘 움직이지 못하는 노령견이 돼도 여전히 힘들고 여전히 최고로 귀엽다.

사에타카(열일곱 살 쿠리 보호자)

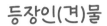
등장인(견)물

산속에 살고 있습니다.

엄마(나)

만사태평.

쿠리(여자아이)

밤색 털을 가진
겁쟁이, 고집쟁이, 츤데레.
가족과 평범한 나날을
보내는 걸 좋아함.

아빠(남편)

낯가림이 심함.

딸

이웃 강아지들

이웃 마을에 사는
할머니

무지개다리를
건넌 시로

개의 연령
(사람으로 치면)

개	사람
15살	→ 76살
16살	→ 80살
17살	→ 84살

차례

제2장. 쿠리 열여섯 살

제3장. 쿠리 열일곱 살

제4장. 벚꽃이 필 무렵

우리 집 멍멍이
쿠리  프로필

0살

2004년 6월 30일에 태어남.
생후 3개월에 우리 가족이 되다.

태어났을 때는
처진 귀

1살

혼자 자는 걸 싫어해서
가족과 함께 잤다.

2살

3살

캬앗

거기 서!!

몇 번이고 도망쳤다.

4살

여기 어디?

캠핑장에 데려갔더니
잠시도 가족 곁을
떠나지 않았다.

5살

6살

혼자 집을 보다가
다다미에 구멍을 뚫었다.

뿌—엉

모름

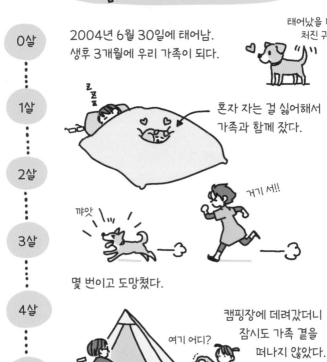

7살

낯선 사람을 보면 짖어 대서
딸의 선생님이 오실 때는
엄마 무릎에 앉아 있었다.

8살

엄마아아아아아
아아아아아아!

자궁 관련 병으로 수술을 받았다.

살려줘

ICU

9살

응?

10살

엄마아
잠이 안 와

새벽 2시

11살

밤에 쉽게 잠들지 못하고
자주 가족을 깨웠다.

12살

뿌직

소나기에 놀라서 방충망을 찢었다.

13살

두 번의 전정 장애를 앓고 걷지 못하게 됐다.

14살

15살

엄마, 트위터를 시작하다.

제1장

쿠리 열다섯 살

트위터를 시작하다

✛

쿠리가 안심할 수 있도록 강해지기

트위터(현 X)를 시작한 때는 쿠리가 열다섯 살 하고도 반년이 더 지났을 무렵이다. '#비밀결사노령견클럽'이라는 해시태그를 발견하고 나도 한번 해 봐야겠다고 생각한 것이 계기였다.

이 해시태그에는 많은 노령견의 사진과 이야기가 올라와 있었다. 힘들지만 다들 정성껏 돌보고 있었다. 우리 쿠리 또래의 노령견들이 '오늘도 씩씩하게 산책했어요'라고 올린 트윗을 보는 것만으로도 큰 용기가 생겼다. 실은 쿠리가 노령견이란 사실을 받아들이고 트위터를 시작하기까지 꽤 시간이 걸렸다. '우리 아이는 언제까지나 건강할 거야!'라고 진심으로 믿고 있었기 때문이다.

나는 주로 집에서 컴퓨터로 일을 해서 쿠리와 늘 집에 함께 있었다. 쿠리의 자리는 내 책상 뒤에서 조금 떨어진 곳. 작업실이며 현관이 훤히 보인다. 내가 식사하려고 자리에서 일어나면 쿠리도 시치미를 뚝 떼고 일어나 거실 창가로 가서 마당을 내다봤다. 내가 다시 책상으로 돌아오면 언제나처럼 제자리로 돌아왔다. 그러다 산책 시간이 되면 안절부절못하며 뜨거운 시선을 내 등에 보내곤 했다.

늘 가는 강변길을 산책하고 돌아와서 밥을 먹고, 아빠가 돌아오면 온몸과 영혼을 다해 전력으로 기뻐하고, 밤에는 우리 옆에서 함께 잤다. 언제나 서로의 숨소리를 들었고, 쿠리와 이 평범하고 멋진 일상은 영원히 계속될 것이라 믿었다.

쿠리는 어릴 때 다친 적도 있고 병으로 입원한 적도 있다. 그때마다 조금만 지나면 다시 평소처럼 건강하게 돌아다녔다. 그래서 나는 '우리 애는 튼튼해요!'라는 확신에 한 점 의심도 없었다. 사람은 언제나 '만에 하나'를 생각하며 걱정하고, 예측하고, 준비하고, 각오한다. 그런데 쿠리와 관련해서는 아무런 상상도 하지 않았다.

쿠리가 열네 살 때 전정 장애*라는 병에 걸렸다. 이미 한 번 걸린 적이 있는 병으로 이번이 두 번째였다. 병원을 싫어하는 아이여서 이번에도 입원하지 않고 집에서 돌봤다. 설사와 구토를 거듭하고, 비틀거려서 제대로 걷질 못했다. 곧 괜찮아질 거라는 기대와 달리 며칠이 지나도 전처럼 회복되지 않자 점점 불안해졌다.

'이대로 걸을 수 없게 될지도 몰라……'

쿠리가 늙어 가는 현실을 받아들일 수밖에 없었다.

* 옮긴이 주: 평형 감각을 다스리는 전정 부위에 이상이 생기는 질환으로, 몸의 균형이 무너져 항상 고개가 기울어 있고 빙글빙글 돌다가 쓰러지기도 한다.

제1장. 쿠리 열다섯 살

하지만 마음속 한구석에서는 그 사실을 필사적으로 외면하려는 내가 있었다.

'괜찮아. 곧 건강해져서 평소 모습으로 돌아올 거야!'

한참 나중에야 깨달았지만, 그때 내 모습을 가장 잘 이해해 준 건 쿠리였다. 쿠리는 평소대로 지내려고 애썼다. 비틀거리면서도 산책하러 가자고 하면 싫어하지 않았고, 밥도 잘 먹고 칭찬을 하면 기뻐했다. 그러다 자기 자리로 돌아가서 내가 일하는 모습을 보며 기분 좋게 꾸벅꾸벅 졸았다. 그런 쿠리의 모습은 기특하기도 하고 애달프기도 했다.

'언젠가 쿠리는 나보다 먼저 천국으로 간다.'

겨우 그 사실을 인정하게 됐다. 하지만 도저히 머지 않은 미래에 올 쿠리와의 이별을 받아들일 자신이 없었다. 이대로라면 쿠리를 따라가 버릴 것 같았다. 쿠리가 안심할 수 있도록 강해져야 한다.

그때 SNS에서 발견한 것이 바로 트위터 해시태그 '#비밀결사노령견클럽'이었다. 어째서 '비밀결사'일까? 어디서 하는 클럽 활동일까? 궁금한 마음에 해시태그를 클릭해서 보니 전국의 노령견과 그들과 함께하는 보호자의 모습이 잔뜩 올라와 있었다. 노령견과 보호자가 서로 얼마나 믿고 사랑하는지 글로 너무나 잘 전해졌다. 노령견을 돌보는 일은 절대 쉽지 않지만 애쓰는 모두의 모습을 읽으니 심장 언저리가 따스해졌다.

'좋은 추억을 남길 수 있겠구나! 나도 해 보자.'

그렇게 나와 쿠리의 사랑이 넘치는 트위터가 시작됐다. 처음에는 상상도 못 했지만 하면 할수록 '귀여워♡'를 쏟아 내는 트위터가 되어 갔다.

제1장. 쿠리 열다섯 살

노령견의 우아한 산책 시간

+

노령견 엔진은 쉽게 시동이 걸리지 않는다

오후 산책은 언제나 4시 반. 쿠리도 나도 산책을 참 좋아했다. 늘 강변길을 달리곤 했는데, 어느 날 남편이 퇴근길에 우리를 보고는 둘 다 얼굴에 행복이 가득하더라고 웃으며 말했다.

쿠리는 열네 살 때 두 번째 전정 장애를 앓고 난 뒤로 비틀거리며 제대로 걷지 못하게 됐지만, 그래도 쿠리와 나는 매일 같은 시간에 산책하러 나갔다. 산책 준비를 하면 쿠리는 신이 나서 어쩔 줄 몰라 했다. 어렸을 때처럼 꼬리를 팔랑팔랑 흔들거나 폴짝폴짝 뛰며 온몸으로 기쁨을 표현하진 않았지만, 내 얼굴을 바라보는 눈동자가 반짝반짝 빛이 났다. 그리고 아주 조심스럽게 몸을 비비곤 했다. 이것은 보호자만이 알 수 있는, 노령견이 기쁨을 표현하는 방식이다. 나는 그런 쿠리에게 반해서 또 해롱해롱.

이렇게 신나서 강변길로 산책하러 나가는 쿠리지만 노령견 엔진은 좀처럼 시동이 걸리지 않았다. 강만 멍하니 바라보며 10분 넘게 움직이지 않을 때도 많았고, 간신히 걷기 시작해도 이내 멈춰 버렸다. '파이팅♫' 하면서 등을 쓰다듬어 주면 다시 조금씩 걷기 시작하지만 몇 발자국도 못 뗀 채 엔진은 멈췄다. 그러면 나는 또 등을 가만히 쓰다듬어 준다. 산책을 나가면 쿠리는 몇 번이나 멈춰 서고, 나는 그때마다 어김없이 쓰다듬어 준다. 열다섯 살의 쿠리 산책은 그런 모습이었다.

병에 걸리기 전에는 '멍멍멍' 요란스럽게 짖으며 나가

서 '꺄악꺄악' 신나게 뛰어다녔다. 배설까지 시원스레 마치면 '우다다다다' 집으로 돌아오는 게 일상이었다. 그런 산책은 매일 변함없이 이어졌지만, 두 번째 전정 장애를 앓고 난 뒤로 노령견의 우아한 산책 루틴은 조금씩 달라졌다. 일단 뛰거나 걷지 않고 한자리에서 빙글빙글 돌았다. 열여섯 살이 지났을 무렵에는 회전력이 더 늘어서 아주 즐거운 듯 '나 봐 봐!' 하는 느낌으로 돌곤 했다. 그러다 엄마 위치를 확인하듯이 내 다리 주변을 빙글빙글 맴돌아서 나는 다리에 감긴 목줄을 멋지게 푸는 법을 익히게 됐다.

줄곧 같은 장소에서만 냄새를 맡으며 움직이지 않을 때도 있었다. 눈과 귀가 제 기능을 하지 못하게 돼서인지 후각을 살려서 긴 시간 친구들 편지(근처 멍멍이들의 마킹) 읽는 걸 즐겼다. 때로는 제대로 걷지 못해 20미터쯤 산책하고 돌아와도 오늘도 산책을 해냈다는 만족스러운 표정을 지었다.

병을 앓고 난 뒤에도 열다섯 살 무렵까지는 아프기

전과 같은 거리를 걸을 수 있었다. 하지만 그 이후로는 거리도 줄고 속도도 느려지며, 우아하게 땅을 한 걸음씩 지르밟는 산책으로 변했다. 하지만 그 어떤 때의 산책도 쿠리는 무척 즐거워 보였다. 아마 나도.

열다섯 살의 쿠리와
산책을 나갔다.

10분 뒤.

20분 뒤.

뱅글뱅글
뱅글뱅글

끝났다.

해냈다

제2장

쿠리 열여섯 살

말하지 않아도 알아요

✛

반려견은 많은 것들을 알고 있다

어느 날, 쿠리와 아침 산책을 나간 지 얼마 되지 않았는데
주머니에서 휴대전화가 울렸다. 전화를 받아 보니 남편이
갑자기 몸이 좋지 않아서 지금 바로 병원에 가야 할 것 같
다고 했다. 그날은 오랜만에 쿠리 컨디션이 좋아서 오르막
이 있는 산책길까지 가던 참이었다. 서둘러 돌아가야 하는
데 쿠리는 달리지 못한다. 방향을 바꿔 천천히 산길을 내려
가는데 세상에, 쿠리가 빠른 걸음으로 걸어가는 것이다!

　　열여섯 살의 쿠리는 다리에 힘이 없어서 땅을 차듯이

제2장. 쿠리 열여섯 살

달리는 건 이제 어려워졌다. 그래서 번갈아 움직이는 네 다리의 리듬을 최대한 빨리해서 열심히 걸어 내려갔다. 내가 서두른다는 걸 알았던 걸까? "엎어지면 큰일이니까 서두르지 않아도 돼" 하고 목줄을 느슨하게 하며 말해 봤지만, 열여섯 살 노령견의 빠른 걸음은 집에 도착할 때까지 계속됐다. 다행히 남편은 바로 병원으로 가서 큰일은 나지 않았지만, 쿠리는 아빠가 돌아올 때까지 케이지에서 안절부절못하는 모습으로 기다렸다.

사람과 사는 반려견은 말은 할 줄 모르지만 많은 것을 알고 있다고들 한다. 노령견이 되어 눈과 귀가 제 기능을 하지 못하게 돼도 쿠리는 언제나 가족을 지켜봤다. 내가 일 때문에 종종 새벽까지 깨어 있다가 잠자리에 들 무렵이면 아무리 늦은 시간이어도 쿠리는 벌떡 일어나 내 곁으로 왔다. 그러면 나는 '잘 자'라고 말하는 대신 살며시 쓰다듬어 주고, 쿠리는 잠자리에 드는 나를 확인하고 다시 잠을 잤다.

어느 날 밤에 꿈을 꿨다. 쿠리와 함께 강변길을 맘껏

달리는 꿈이었다. 정말 즐거운 꿈이었지만 잠에서 깼다. 새벽 3시, 쿠리가 걱정되어 보러 갔더니 쿠리는 언제나처럼 일어나 나를 반겨 줬다. 이제 쿠리와 그렇게 달릴 수 없어졌다는 사실에 슬퍼졌지만, 정작 쿠리는 그런 생각은 조금도 하지 않는 듯 이 늦은 시간에도 반갑다고 꼬리를 살랑살랑 흔들었다. 그런 모습에 안도하며 쿠리를 쓰다듬어 주고는 나도 다시 잠자리에 들었다.

쿠리와 함께 있어서 행복했다.

제2장. 쿠리 열여섯 살

쿠리와 신나게
달리는 꿈을 꾸다가

새벽에 잠에서 깼다.

열여섯 살의 쿠리는
이제 다시 예전처럼
달리지 못하지만

그래도
함께 있어서
행복하다.

너도 소중한 우리 가족이야

＋

집에 뭔가 변화가 있었을까요?

열여섯 살이 된 쿠리는 자는 시간이 많아졌다. 우리 가족은 쿠리가 자는 모습을 보고 있으면 얼굴이 흐물흐물해진다. 언제나처럼 흐물흐물해져서 보고 있다가 쿠리 팔다리에 난 상처를 발견했다. 털이 빠지고 피부가 빨개져 있었다. 그 후로도 계속 신경 써서 봤는데 아무래도 상처 부위가 점점 넓어지는 것 같았다. 나이를 먹어서 털도 빠지는 건가? 생각했지만, 어느 날 쿠리가 자기 발을 무는 걸 봤다. 그러지 말라고 말려 보기도 했지만 들리지 않는 듯 아무 반응도

제2장. 쿠리 열여섯 살

하지 않았다. 그래서 등을 쓰다듬으며 한참 동안 마사지를 해 줬더니 어느새 발 무는 걸 잊고 또 꾸벅꾸벅 조는 쿠리.

그 후에도 가족들이 신경 써서 지켜봤는데, 쿠리는 종종 발을 깨물었다. 그래서 쿠리가 어렸을 때 썼던 넥카라를 채웠더니 그대로 얼음. 물도 마시지 못해서 넥카라 채우는 건 포기했다. 다친 것 같지도 않고 피부병도 아닌 것 같았다. 쿠리 발을 잡고 생각하다 문득 예전 일이 떠올랐다. 지금과 똑같은 상처투성이 쿠리 발을 봤던 기억이 났다.

쿠리가 한 살 반 때, 쿠리의 하얀 발이 털도 빠지고 상처투성이에 피가 배어났다. 이것 빼곤 별다른 증세는 없어서 그저 산책하다 뭘 밟았는가, 알레르기인가 하고 가벼운 마음으로 병원에 데려갔다. 쿠리가 어릴 때부터 다닌 동물병원 의사 선생님은 검사 결과와 발 상태를 보더니 쿠리의 얼굴을 들여다봤다.

"이건 스트레스네요. 자기가 자기 발을 물어서 피가

나는 겁니다."

"네? 쿠리가 자기 발을 물어서요?"

생각지도 못한 의사 선생님 말에 깜짝 놀랐다. 산책
도 매일 거르지 않았고, 밥도 수북하게 잘 먹는데……. 무엇
보다 한 살 반의 활기 넘치는 아이가 스트레스라니.

"집에 뭐가 변화가 있었을까요?"

의사 선생님 말에 순간 정신이 번뜩 들었다. 실은 그
때 우리 부부에게 막 아이가 태어났을 때였다. 쿠리는 옛날
부터 겁쟁이고, 고집쟁이고, 츤데레였다. 자기 침대 이불이
비뚤어져 있기만 해도 짖고 화를 냈고, 밥이나 산책 시간이
늦어지면 안절부절못하며 야단법석이었다. 외로워서 잠이
오지 않는 밤이면 가족을 깨웠다. 그런 쿠리가 묵묵히 참고
있었다니.

그 무렵 우리 부부는 처음 하는 육아로 매일 녹초가
됐다. 자연스럽게 모든 생활이 아이 중심으로 돌아갔고 그
래서 쿠리가 자기 발을 문다는 걸 전혀 알아차리지 못했다.

제2장. 쿠리 열여섯 살

상처투성이가 되고 피가 배어나는데도…….

"미안해, 미안해. 너는 소중한 우리 가족이야……."

나는 쿠리를 꼭 껴안고 사과했다. 딸이 태어나기 전까지 우리는 쿠리를 어린아이처럼 귀여워했다. 함께 놀아주는 시간도 많았고, 늘 곁에서 쓰다듬어 줬고, 잠이 오지 않는다고 짖으면 같이 잤다. 그런데 딸을 돌보느라 여유가 없어진 우리는 어느샌가 쿠리의 마음을 생각하지 않게 됐다.

동물병원에서 약용 샴푸를 처방받아 돌아온 그날부터 남편과 번갈아 가며 아이 목욕과 쿠리 발 샴푸를 해 줬다. 아이에게 말을 걸면 쿠리에게도 말을 걸었다. 사소하지만 이런 식으로 아이와 쿠리에게 똑같이 마음을 쓰게 된 뒤로 쿠리의 발은 서서히 하얗고 깨끗한 털로 돌아왔다.

'이번에도 혹시 스트레스 때문인가?'

쿠리의 발 상처를 보고 15년도 더 된 일을 떠올리며

생각했다. 하지만 원인을 짐작할 수 없었다. 어디 아픈 곳이 있거나 불편한 데가 있으면 짖거나 낑낑거리는데 뭔가 다른 원인이 있는 걸까. 결국 원인을 모른 채 쿠리가 발을 깨무는 걸 발견할 때마다 우리 가족은 말을 걸며 쓰다듬거나 안아 줬고, 기분 전환 삼아 밖으로 데리고 나갔다. 그랬더니 점차 발을 무는 일이 적어지고 다시 깨끗하고 귀여운 하얀 발로 돌아왔다.

　　나중에 생각해 보니 아마 열여섯 살이 된 이 무렵부터 쿠리는 눈과 귀가 거의 보이지도 들리지도 않게 된 듯하다. 모든 게 희부연 세상이 되자 고독을 느끼게 된 게 아닐까. 외로움을 잘 타는 쿠리에게는 몹시 괴롭고 슬픈 일이었을 것이다. 하지만 그날 이후 엄마와 아빠가 번갈아 가며 쓰다듬어 줘서 언제나 가족이 곁에 있다는 믿음이 생겨 안심하게 된 것 같다. 그 증거로 쿠리는 이 무렵부터 확실히 표정이 달라졌다. 믿기 어렵게도 더 귀여워졌다. 정말로!

《 🐾 》

쿠리와 딸

쿠리가 한 살 반 때 딸이 태어났다. 쿠리는 덩치는 커졌지만 아직 응석을 부리고 싶은 강아지였다. 하지만 아기를 질투해서 공격하거나 음식을 빼앗거나 하는 일은 절대 하지 않았다. 샘이 많은 쿠리가 딸을 무척 배려한 것임을 알고 있다. 언제나 딸에게서 조금 떨어져 상태를 지켜보다가 딸이 잠들면 다가가서 얼굴을 들여다봤다.

아마 쿠리에게 딸은 소중한 동생이었을 것이다. 외동인 딸에게도 쿠리는 하나뿐인 언니이자 소중한 가족이었다. 나이 차가 한 살 반밖에 나지 않는 두 사람은 함께 자랐다. 가족 앨범에는 쿠리와 딸이 웃으며 나란히 찍은 사진이 잔뜩 있다.

쿠리가 열여섯 살 때, 딸은 도시에 있는 학교에 입학해 집을 떠나 기숙사에서 생활했다. 그러다 오랜만에 집에 돌아오면 쿠리는 코를 킁킁거리며 딸이 건강한지 확인하고 기뻐했다.

시간이 흘러 이제 쿠리의 생활은 여러모로 돌봄이 필요해졌지만, 신기하게도 쿠리는 딸에게는 제멋대로 하지 않았다. 기저귀가 젖어도, 몸을 뒤집고 싶어도 딸 앞에서는 꾹 참고 기다렸다.

마지막까지 쿠리는 언니로 남고 싶었나 보다.

우리 쿠리는 대단해

╬

냉정히 생각하면 개가 짖었을 뿐입니다만

쿠리가 16살 2개월 무렵, 트위터에 이런 글을 올렸다.

쿠리는 거의 짖지 않지만 오늘 손님이 온 걸 알고는 지킴이가 되어 짖었답니다. 멍멍! 멍! 하고요. 그것만으로도 가족 모두가 몹시 기뻐하며 쿠리를 쓰다듬고 치즈를 주며 칭찬했더니, 아직 손님이 있는데도 만족스럽게 숙면에 빠진 쿠리.

단지 개가 짖은 것뿐이지만 노령견이 있는 집에서는

제2장. 쿠리 열여섯 살

놀라운 빅뉴스가 아닐 수 없다.

쿠리는 아주 훌륭한 우리 집 지킴이다. 모르는 사람이 집에 오면 쏜살같이 현관으로 달려가 문 앞에서 무섭게 짖어 댔다. 내가 안아 주면 진정하지만 잠시라도 내려놓으면 또 짖기 시작한다. 할 수 없이 우리 집에서는 언제나 내가 쿠리를 안고 현관에서 손님을 맞이했다. 딸의 담임선생님이 가정방문 왔을 때도 대화가 되지 않을 만큼 짖어서 안고 있었더니 그제야 내 무릎에서 조용히 선생님 이야기를 들었다.

그런 쿠리도 나이를 먹으니 거의 짖지 않았다. 현관으로 뛰어나가는 일도 없어졌다. 손님이 온 걸 아는지 모르는지, 이제 더는 신경 쓰지 않게 된 건지 잘은 모르겠지만, 건강한 시절의 쿠리에게는 당연했던 모습을 이제 볼 수 없게 되니 불안하면서도 어쩐지 쓸쓸한 마음이 들었다. 그래서 예전 같으면 별일 아니었을 일들이 이젠 빅뉴스가 됐다. '오늘은 밥을 많이 먹었어', '물을 흘리지 않고 잘 먹었어',

'산책을 아주 즐겁게 했어' 등등. 심지어는 '오늘 눈이 마주 쳤어' 하는 것만으로도 기뻐 날뛰며 마구 사진을 찍어서 가족에게 자랑하고, 만화로 그려 트위터에 올렸다.

쿠리는 매일 조금씩 하지 못하는 것들이 늘어나고 손이 가는 일도 늘어났다. 그래서 어쩌다 한 번 할 수 있게 됐을 때는 가족이 모두 흥분하여 "우리 쿠리 정말 대단해" 하고 아낌없이 쿠리를 칭찬했다.

쿠리는 정말 장하다. 그리고 오늘도 귀엽다.♡

《 🐾 》
제2장. 쿠리 열여섯 살

열여섯 살 쿠리는
항상 고개를
숙이고
있어서

좀처럼 눈이
마주치지
않는다.

그런데…….

눈이 마주쳤다.
그것만으로도 빅뉴스.

너와의 이별을 내가 받아들일 수 있을까

+

'또'가 있다는 것은
마지막이 아니라는 것

쿠리 16살 3개월. 그날은 아침부터 비가 와서 일을 하기 전에 쿠리를 보러 갔더니 쿠리는 침대에서 쌕쌕 소리를 내며 곤히 자고 있었다. 그 숨소리를 들으며 옆 소파에 앉아서 휴대전화로 트위터를 보는데, 늘 걱정하고 응원했던 한 노령견이 무지개다리를 건넜다는 글이 올라왔다. 우리 쿠리와 나이가 같은 아이였다.

'옆에서 들리는 쿠리의 숨소리가 언젠가 사라질 날이 오겠지.'

제2장. 쿠리 열여섯 살

상상하고 싶지 않은 미래를 떠올리게 하는 휴대전화 속 슬픈 소식. 더는 트위터 속 글자를 읽어 내려갈 수가 없었다. 언젠가 올 쿠리와의 이별을 어떻게 받아들여야 할까? 트위터에 쿠리와의 일상을 적기 시작한 지 반년 동안 쿠리와 비슷한 나이의 노령견을 키우는 보호자를 많이 만났다. 그런 모습을 보며 나도 열심히 돌봐야겠다는 용기를 얻기도 했지만, 동시에 반려동물을 잃고 슬픔에 잠긴 보호자의 모습도 알게 됐다.

'#비밀결사노령견클럽'을 통해 반려동물이 세상을 떠나는 것을 '무지개다리를 건넜다'라고 표현한다는 것을 알았다. 일곱 색깔 다리를 뛰어가는 반려동물에게 보호자는 '또 보자' 하고 배웅했다. '또 보자'라는 말은 친구와 헤어질 때 하는 인사 같아서 어쩐지 정감이 가지 않았다. 그런데 반년 동안 트위터에 올라오는 글을 읽으면서 생각이 조금씩 바뀌었다. '또 보자'라는 말에는 '또 만나자', '또 같이 산책하자' 하는 마음이 담겼다는 걸 알게 됐다. '또'가 있다는 건 이번이 마지막이 아니라는 의미도 담겨 있어서 보호자에게도 노령견에게도 다정한 인사였다.

"우리도 언젠가 또 보자 하고 말할 날이 오려나."

"쿠리가 없어지면 어떻게 될까……."

갑자기 생각지도 못한 말이 입에서 새어 나오며 눈물이 왈칵 쏟아졌다. 그리고 잠든 쿠리에게 말했다.

"나를 두고 가지 마……."

나는 이맘때쯤부터 슬슬 마음의 준비를 하고 있었던 것 같다. 하지만 이 정도 마음가짐으론 쿠리가 안심하지 못하겠지. 더 강해져야 한다. 눈물을 닦고 결심했다.

이 무렵만 해도 그날이 오면 마음 단단히 먹고 쿠리와의 이별을 받아들일 수 있을 줄 알았다.

《 🐕 》

제2장. 쿠리 열여섯 살

SNS에서
노령견들의 글을 읽고
울기만 하는 나······.

쌔근-
쌔근-

쌔근-

그러거나 말거나
쿠리는 쌔근쌔근
잘 잤다.

쌔근-
쌔근-

만세! 오줌 쌌다

✛

실외 배설만 하던 우리 쿠리가!

쿠리 16살 4개월, 어느 가을날 트위터에서.

밤 11시 20분

아직 기저귀를 차지 않은 쿠리. 케이지에 오줌 싼 걸 발견했다. 케이지는 다 젖었고, 가족들은 기뻐서 야단법석!

밤 11시 34분

일단 쿠리를 케이지에서 꺼내 엉덩이를 닦아 주는데, 또 오줌을 쌌

제2장. 쿠리 열여섯 살

다! 가족 야단법석!

밤 11시 50분
케이지, 화장실, 침대, 수건까지 오줌으로 흠뻑! 당황한 얼굴로 얌전히 기다리는 쿠리와 허둥지둥하면서도 웃음을 참지 못하는 가족.

밤 11시 55분
전부 깨끗이 치운 뒤 새 이불을 깔고, 각자 잠자리에 들었다. 오늘은 온 가족 동시에 굿나잇.

이 무렵부터 이불에 오줌을 싸기 시작했다. 낮이든 밤이든 침대도 이불도 전부 갈아야 했고, 심할 때는 쿠리의 몸도 매번 씻겨 줘야 했다. 기저귀를 채우는 방법도 생각했지만 왠지 결심이 서지 않아 힘들어도 할 수 있는 데까지는 가족끼리 힘을 내 보기로 했다. 쿠리를 깨끗이 닦아 주는 남편, 침대 시트를 빨래하는 나, 침대 시트를 새로 깔아 주는 딸. 서로 의논한 건 아니지만 마치 역할을 나눈 듯 분주하게 움직였다. 쿠리가 멍한 얼굴로 기다리는 모습을 보면 힘들다가도 웃음이 픽 새어 나왔다. 깨끗한 침대에서 곤히 잠든 쿠리를 보면 우리 세 사람은 말로 표현할 수 없이 행복한 기분이 들었다.

뭔가 모범 가족의 한 장면 같겠지만 솔직히 힘들었다. 모두들 너무 하기 싫다고 내심 생각했을지도 모른다. 하지만 얌전히 기다리고 있는 쿠리 모습을 보면 그런 생각이 쏙 들어갔다. 쿠리는 정말로 '멍'하니 있었는데 웃음이 날 정도로 '멍'했다. 허둥대는 우리 옆에서 꼼짝도 하지 않고 기다리는 쿠리의 모습을 보면 절로 웃음이 나왔다. 그럼 힘들다가도 '그래, 할 수 없지, 깨끗이 해 줘야지' 생각하게 됐다.

사실 힘든 건 쿠리도 마찬가지였을 거다. 한번은 시험 삼아 시간을 재서 밖으로 데리고 나갔더니, 마당에서 쉬하기 성공! "아유, 착해라!" 하고 우리 가족은 무척 기뻐했다. 쿠리의 협조 아닌 협조 덕분에 "다음 쉬야는 몇 시간 후

제2장. 쿠리 열여섯 살

겠네" 하고 오줌 스케줄을 파악할 만큼 우리 가족은 쿠리 돌보기 프로가 됐다.

이런 노력에도 어쩔 수 없이 배변 시간을 맞추지 못할 때가 있다. 한번은 외출에서 부랴부랴 돌아와 쿠리 상태를 보러 가니, 배변판 한복판에 예쁘게 오줌을 싸 놓은 적이 있었다. 어릴 때 배변판을 이용한 적이 잠깐 있긴 했지만 배변판을 싫어해서 줄곧 실외 배변을 했던 쿠리가 배변판에 오줌을! 그것도 한복판에! 아주 훌륭하게!

우리 가족은 쿠리를 라이언 킹처럼 찬양하며 폭풍 같은 브라보를 외쳤다. 이렇게 노령견을 돌보는 일상은 당연했던 일 하나하나가 감동이 되어 돌아왔다.

쿠리 혼자 집에 두고
외출을 나가서 서둘러
집으로 돌아왔다.

얼른 쿠리의
상태를 보러 갔다.

다행이다.
착하게 자고 있었구나.

제2장. 쿠리 열여섯 살

배변판 한복판에 쉬를 했다.

째근-

천재야!! 대박!!

귀여워 귀여워 귀여워

+

우리 집에 떨어진 말풍선은
85%가 귀여워일 거야

노령견이 된 뒤로 쿠리에게 '귀여워'라고 말하는 일이 부쩍 늘었다. 만약 사람이 한 말이 전부 말풍선이 되어 주변에 떨어진다면 우리 집에 흩어진 말풍선의 85%는 '귀여워'일 거다. 발 디딜 틈조차 없을 만큼 '귀여워'가 온 집 안을 굴러다니지 않을까.

나도 가족도 원래 개를 좋아하는 데다 우리 가족이니까 귀여운 게 당연한 일이지만, 쿠리가 노령견이 되어 꼬질꼬질한 모습으로 자고 있기만 해도 너무너무 귀여웠다.

진짜로.

귀가 멀어 불러도 달려오지 않고 무슨 일을 해도 기뻐서 꼬리를 흔드는 일도 없다. 산책을 나가도 거의 움직이지 않고 밥 먹는 것도 화장실 가는 것도 혼자 할 수 없어 늘 손길이 필요하지만, 쿠리는 정말 귀엽고 사랑스러웠다. 귀엽다고 말할 때마다 죄를 사해 주는 법이 있다면, 설령 그 죄를 후지산 꼭대기에서만 사해 준다고 해도 나는 기꺼이 올라갈 것이다. 일본에서 제일 높은 산꼭대기에 올라가 '우리 쿠리, 정말 귀여워어어어어!' 하고 외칠 것이다.

뭐 이런 식으로 머리가 어떻게 된 사람처럼 쿠리를 귀여워했다. 실제로 노령견과 살아 본 사람들은 종종 "노령견 특유의 귀여움이 있어요"라고 말한다. 그렇다면 '특유의 귀여움'이란 도대체 뭘까? 노령견과 살다 보면 문득 그런 생각을 하게 된다. 이 귀여움의 정체는 대체 뭘까? 전 세계의 똑똑한 과학자들과 연구자들 중에는 분명 애견인도 있을 것이다. 노령견이 어째서 귀여운지 그 수수께끼를 풀어

내지 못할 리 없다. 뭔가가 있을 것이다. 노령견의 미스터리한 팩트 X가!

과학적으로 규명하는 것은 그렇다 치고 노령견과 살며 느낀 점이 있다. 쿠리는 눈이 보이지 않게 되고, 귀도 들리지 않게 되고, 근력도 약해지게 되면서 조금씩 할 수 없는 일이 늘어났다. 하지만 쿠리의 마음속에 반짝이는 '가족들 사랑해'라는 감정은 변함이 없었다. 그 따뜻한 마음은 여전히 눈동자에 깃들어 있었다. 거의 움직이지 못하게 된 만년에도 그 따뜻한 체온과 부드러운 호흡을 통해 확신할 수 있었다. 서로 힘들고 괴로운 일이 많았지만, 쿠리의 등을 쓰다듬고 있으면 내 긴장된 마음도 서서히 풀렸고, 쿠리가 안심하는 것이 느껴졌다. 우리 가족은 덩달아 행복해졌다. 그리고 가슴속 저 깊은 곳에서 이런 말이 흘러나왔다.

"귀여워……."

팔불출 같지만 여기서 꼭 하고 싶은 말은 쿠리가 귀엽다는 것이다.

제2장. 쿠리 열여섯 살

오늘도 흘러가는 노령견의 하루

✛

쓰담쓰담은 나와 쿠리의 대화 같은 것

노령견은 스케줄에 집착하는 면이 있다. 일정한 시간에 일정한 것을 하고 싶어 해서 우리는 쿠리가 나이를 먹은 후 시계를 자주 보며 더 규칙적인 하루를 보냈다.

아침 6시, 우리 집 자명종인 쿠리가 짖는 소리로 하루가 시작된다.

"컹, 컹."

우리 가족은 밤늦게 잘 때가 많아서 좀 더 자게 해 주면 좋겠는데 사정없이 깨운다. 귀가 들리지 않게 된 뒤로는 일어났다고 대답해도 계속 짖어서 말 대신 등을 쓰다듬어 준다. 그러면 쿠리는 내가 가까이 있는 것을 알고 조용해진다. 그리고 아침 산책 준비를 할 때까지 얌전히 기다린다. 그러니까 쓰담쓰담은 나와 쿠리의 대화 같은 것이었다.

쿠리는 나이를 먹은 후로도 아침저녁 산책을 거르지 않았다. 하지만 걷는 시간이 점점 짧아졌다. 그래서 낮에도 마당에 내보내 줬더니 오줌도 누고, 한낮의 마당을 어슬렁거리며 돌아다니는 게 습관이 됐다. 이제 멀리 걷지도 달리지도 못하지만, 쿠리는 코끝으로 바람을 느끼고 흙과 풀 냄새를 맡으며 눈을 반짝였다. 그런 즐거움이 고스란히 내게도 전해졌다.

움직임이 거의 없는 산책은 보호자가 한가롭다. 그래서 망상이 많아진다. 쿠리가 천천히 앉아서 움직이지 않으면 '숲의 정령들에게 연설을 시작했구나' 하는 상상을 하곤했다. 사람 눈에는 보이지 않는 정령들이 쿠리를 둘러싸고 있는 모습을 상상하며 그 시간을 즐겼다. 책상에 앉아서 일하다 막히기 일쑤인 내게 쿠리와의 산책은 특별하고 소중한 시간이었다.

쿠리에게는 노령견이 되어 새로 생긴 습관이 몇 가지 있다. 그중 하나가 '최적의 잠자리 자세 찾기'다. 아마 살이 많이 빠진 탓에 가만히 누워만 있어도 온몸이 아팠을 것이다. 그래서 쿠리는 케이지 안을 이리저리 돌아다니며 앉았다 일어서기를 반복했다. 보다 못한 우리가 침대 위치를 옮기고 방석을 바꿔 주기도 했지만, 1시간이 넘도록 자리를 잡지 못했다. 결국 지쳐 쓰러져 잠드는 쿠리. 우리는 등을 가만히 쓰다듬어 주며 피로를 달래 줄 뿐이었다. 힘들었을 쿠리의 등을 하염없이 쓰다듬어 줬다.

지금 생각해 보니 나는 늘 쿠리 등을 쓰다듬어 줬다. 쿠리는 누군가 자기를 만지는 걸 별로 좋아하지 않았다. 하지만 나이가 들어 눈도 멀고 귀도 들리지 않게 된 뒤로는 이것이 쿠리와 유일하게 의사소통하는 방법이 됐다. 불안할 때도, 기쁠 때도, 화날 때도 나는 쿠리 등을 쓰다듬었다. 그러면 쓰담쓰담하는 동안에 안정을 찾았다. 쿠리도 나도.

그런 쿠리가 하루 중 가장 활기찰 때가 있다. 거의 종일 잠만 자고 짖지 않게 된 쿠리지만 저녁밥 먹을 때만큼은 필사적으로 멍멍 짖었다.

'엄마, 저녁밥 먹을 시간이 지났잖아!'

'저녁 준비하는 주부는 정신없이 바쁘단다. 미안.'

노령견이 되면 어렸을 때와 달리 배에서 소리가 나와서 짖는 소리가 꼭 테너 가수 같다. 그리고 나는 그 테너 노래가 시작되면 부랴부랴 밥을 준비했다.

다음 일러스트에 나오는 22시 30분부터의 '골든 타임'이 뭐냐고 묻는다면, 간단히 설명하기 어려운 내용이다. 나중에 천천히 이야기할 기회가 있을 것이다. 다만, 한 가지는 확실하다. 이 시간은 자는 시간이 아니다. 자길 바라는 시간이다. 그래서 보호자인 가족들은 늘 늦게 잠들게 된다.

쿠리 눈곱이
늘어났다.

아침 산책 후
얼굴을 닦아 줬다.

어쩐 일로
천천히 다가오더니

뽀뽀를 해요.♡

매일매일
닦아 줄게.♡

제2장. 쿠리 열여섯 살

노령견의 하루

허둥지둥

멍멍

6:00 기상. 쓰담쓰담.
6:30 아침 산책. 얼굴 닦기.
7:00 아침. 다 흘리고 먹음.
8:00 잠. 쓰담쓰담.

......

또 나오자

↓

12:00 점심 산책. 마당을 어슬렁어슬렁.
12:30 간식.
13:00 잠자기 편한 자세를 찾아 돌아다님.

괜찮니?

이것도 아니고

이것도 아냐

↓

16:30 저녁 산책.
17:00 (밥 줄 때까지) 멍멍 짖음.
17:30 저녁밥. 꽤 흘림.
18:30 잔다. 쓰담쓰담.

깜빡했네

밥

밥

↓

22:30 골든 타임 ♡

겁쟁이라도 사랑스러워

╬

가족이 곁에 없으면 늘 불안한 쿠리

쿠리는 별다른 특징 없는 믹스견이지만, '겁쟁이'라는 점만큼은 국가대표급이 아닐까 싶다.

어렸을 때는 어미의 앞발 사이에서 떨어질 줄 몰랐고, 다른 형제들이 하나둘 입양될 때도 뒤에 숨어 있다가 혼자 어미 옆에 남았다. 생후 3개월이 지나 우리 집에 처음 왔을 때는 밤만 되면 엄마가 그리운지 컹컹 짖었다. 쿠리를 맞이하기 전에 사 둔《강아지 키우는 법》이라는 책에 "케이지에 넣고 담요를 덮어서 어둡게 해 주면 15분 안에 포기하

제2장. 쿠리 열여섯 살

고 얌전해집니다"라고 쓰여 있었는데, 4시간이 지나도 5시간이 지나도 쿠리는 포기하지 않았다. "그래도 계속 짖는다면 보호자가 참아야 합니다!"라고 책에 나와 있어서 우리도 이불을 덮어쓰고 참았지만, 포기할 기색 없이 며칠째 울어 대는 통에 우리까지 울고 말았다. 결국 케이지에서 재우는 걸 포기하고 함께 자기로.

조금 자란 후에도 무서운 꿈이라도 꾸는 날에는 잔뜩 겁에 질린 채로 한밤중에 낑낑 울었다. 그러면 남편과 내가 쿠리 옆에서 교대로 자면서 우는 쿠리를 쓰다듬어 주거나 안정이 될 때까지 마당에 데리고 나가서 진정시켰다. 쿠리를 무섭게 하는 것이 대체 무엇이었는지는 지금도 잘 모르겠지만, 가족이 곁에 없으면 좀처럼 잠을 이루지 못하는 아이였다.

아홉 살 때, 자궁 관련 병으로 동물병원에 입원했을 때는 쿠리의 '밤 울음'이 너무 심해서 조기 퇴원을 한 적도 있었다. 쿠리의 울음이 온 병원 개들에게 전염되어 그때까지 한 번도 짖지 않던 아이들까지 짖어 대서 한밤중에 난리가 났다고 한다. 오죽하면 수의사 선생님이 이른 아침부터 전화해서 이대로라면 안정이 어려우니 조기 퇴원하라는 지시를 내렸다. 평소에는 장난도 나쁜 짓도 거의 하지 않는 얌전한 아이지만, 겁을 먹으면 말도 안 되는 힘을 발휘한다. 큰 소리도 너무 싫어해서 어쩌다 혼자 집을 보다가 소나기라도 오는 날에는 탈주 방지용 바리케이드를 부수고, 방충망도 찢어 버리고 온 집 안을 헤집어 놓았다. 다다미를 파서 커다랗게 구멍을 낼 때도 있었다. 아아, 생각하니 진짜로 손이 많이 가는 아이였네……

겁이 지나치게 많아서 수의사 선생님한테 상담한 적도 있다. 가족이 곁에 없으면 불안해서 견디지 못하는 쿠리였다.

"음, 이 아이는 케이지에 넣어 두면 케이지가 부서지거나 케이지를 부수다가 자기가 다치거나 둘 중 하나일 겁니다. 되도록 같이 있어 주세요."

쿠리가 야단법석을 치는 바람에 조기 퇴원한 날 아침.

제2장. 쿠리 열여섯 살

집에 데리고 왔더니 거짓말처럼 얌전해졌다. 익숙한 장소에서 안심하고 쌔근쌔근 자는 모습을 보니 '겁쟁이' 같은 모습도 사랑스럽게 느껴졌다. 불꽃놀이나 천둥, 지진, 폭우 등 쿠리에게 세상은 무서운 것투성이였다. 우리 가족은 쿠리를 위해 날씨 정보와 동네 축제 일정을 늘 확인했고, 그런 날에는 꼭 함께 있도록 신경 썼다. 그래도 무서운지 겁먹은 얼굴로 가족들 옆에서 바들바들 떠는 쿠리. 쿠리가 우리를 의지하는 모습은 안쓰러우면서도 사랑스러웠다.

열일곱 살 생일이 다가오는 어느 날인가부터 쿠리의 표정이 평온해졌음을 느꼈다. 그때 사진을 보면 그 차이가 확연히 보였다. 표정이 밝아지고 싱글벙글 웃는 일도 늘었다. 겁먹은 표정도 없어졌다. 눈이 보이지 않고, 귀도 들리지 않게 되어 무서운 게 없어진 걸까?

보이지 않고, 들리지 않는 세상은 어땠을까? 평온해진 쿠리 모습을 보니 쿠리는 뭔가를 확실히 느낀 듯 보였다. 그것은 아마 서로 사랑하는 마음이었을지도.

천둥소리를
무서워하는 쿠리.
작은 빗소리도
예전에는
무척 싫어했다.

쿠리가 아직
어릴 때

가족 모두
외출 중이었는데

갑자기 소나기가
쏟아졌다.

황급히 귀가 중

집에 도착하니
집 안은
엉망진창인 데다가

쿠리도 보이지
않았다.

몇 년 뒤,
쿠리는 나이가 들어
귀가 들리지 않게 됐다.
그래도 무서운 것이
적어져서 다행이야.

엄마 살려 줘! 쿠리의 SOS

+

언제 무슨 일이 생겨도 이상하지 않아

밤 11시. 쿠리가 갑자기 짖기 시작했다.

"살려 줘! 엄마! 엄마!!"

'멍!'과 '컹!'이 섞인 듯한 소리로 '우우우우우우우! 우 우우! 멍!' 하고 떨듯이 짖어 댔다. 패닉이 왔을 때의 소리다. 강아지들이 짖는 법에는 여러 종류가 있는데 짖는 소리와 속도에 감정이 담겨 있다. 반려견과 같이 살다 보면 단순한 '멍!' 속에 담긴 의미도 금세 파악할 수 있게 된다. 방금 짖 는 소리는 평소에 들은 적 없는 쿠리의 SOS 신호였다.

제2장. 쿠리 열여섯 살

남편과 나는 각자 잘 준비와 독서를 하고 있다가 전부 내팽개치고 쿠리에게 달려갔다.

"왜 그래? 어디 아파?"

나는 짖고 있는 쿠리를 안으며 말했다. 쿠리는 아주 불안한 모습이었다. 재빨리 남편이 쿠리의 침대와 몸 상태를 확인했지만 특별히 이상은 없었다. 나는 쿠리를 안고 한참 동안 쓰다듬고 말을 걸었다. 30분쯤 지나니 조금 안정이 됐는지 쿠리는 언제 그랬냐는 듯 쌔근쌔근 잠이 들었다. 무서운 꿈이라도 꾼 걸까 아니면 뭔가 불안한 일이라도 있는 걸까? 요즘 들어 이런 쿠리의 SOS 신호가 잦아졌다.

또 다른 날 새벽에는 코인지 목인지에 뭔가 걸린 듯 캑캑거리는 소리를 멈추지 않았다. 등을 쓰다듬어 줬지만 낫지 않았다. 걱정된 남편이 인터넷에서 비슷한 증세의 동영상을 발견했는데, 어쩐지 역재채기 같아 보였다. 큰 병은 아니었지만 힘이 없는 노령견에게는 힘든 재채기다. 어떻게든 멈춰 주고 싶어서 코에 입김을 불어 넣는 등 인터넷에

소개된 방법을 시도해 봤지만 잘되지 않았다. 결국 캑캑거리면서도 휘청휘청 산책하고, 아구아구 맛있게 밥을 먹은 뒤 물을 잔뜩 마시고 나서야 겨우 멈췄다.

또 다른 날은 언제나처럼 저녁에 캔 사료를 주자 엄청나게 흘리면서 먹은 뒤 1시간 정도 지나 전부 토해 버렸다. 그리고 지금까지 한 번도 들은 적 없는 소리로 괴로워하며 짖어 댔다. 등을 쓰다듬어 줘도 괜찮아지지 않아서 병원에 데리고 가야 하는 건 아닐까 불안해졌다.

우리 쿠리는 병원을 정말 싫어했다. 노령견이 된 뒤로는 싫어하는 아이를 데려갔다가 기력도 체력도 버티지 못할까 봐 마을 병원에 가는 것조차 조심스러웠다. 되도록 집에서 사랑하는 가족과 함께 있게 해 주고 싶었다. 병원에 갈지 말지 고민하면서 쿠리의 따스한 등을 어루만졌다. 다행히 쓰다듬어 주는 사이에 안정이 됐는지 편안한 얼굴로 잠에 푹 들었다. 다행이다, 다행이다, 다행이다. 정말 몇 번이나 말했는지 모른다.

제2장. 쿠리 열여섯 살

쿠리는 어렸을 때도, 나이가 조금 들어서도 큰 병이나 다친 데 없이 평온한 생활을 보냈던 터라 이런 SOS 신호는 좀처럼 적응이 되지 않았다. 이제 곧 열일곱 살이 되는 쿠리. 이즈음에 쿠리는 무엇을 먹어도, 무엇을 해도 기운이 없어서 혹시 병에 걸린 건 아닐까, 어디 아픈 건 아닐까 가족들은 매번 안절부절 애를 태웠다.

'곧 열일곱 살이 되니 언제 무슨 일이 생겨도 이상하지 않아……'

쿠리의 SOS 다음 날, 아침 산책길에 시바견과 사는 이웃집 할아버지가 말을 건넸다.

"어제 많이 울던데 괜찮아요?"

쿠리의 목소리가 이웃집까지 들린 모양이다. 할아버지의 다정한 말에 왈칵 울음이 나올 뻔했다.

제2장. 쿠리 열여섯 살

이웃집에 사는 검은색 시바견

+

이웃집에는 할아버지와 검은색 시바견이 산다. 시바견은 아직 어려서 몸집은 작았지만 생기발랄했다. 원숭이 무리나 낯선 사람이 오면 열심히 짖어서 할아버지에게 알려 주는 믿음직한 지킴이였다. 할아버지를 어찌나 좋아하는지 할아버지가 마당 청소를 하면 그 주위를 쫓아다니고, 할아버지가 마루에 앉으면 나란히 앉아서 볕을 쬐곤 했다. 주방의 작은 창 너머로 그런 모습을 볼 때마다 절로 미소가 지어졌다.

내가 이웃집 할아버지와 시바견을 보는 것처럼 그들도 우리의 모습을 가장 가까이에서 지켜봐 주고 있었다. 이웃집 시바견은 산책하다 우리를 만나면 쿠리에게는 코끝으로 인사를 하고, 내게는 '멍!' 하고 한 번 짖었다. 늘 하는 인사지만 한 번씩 쿠리를 돌보다 지쳤을 때 그 목소리에 힘을 얻을 때가 많았다.

우리 이웃집에는 할아버지와 검은색 시바견이 살고 있다.

할아버지를 아주 좋아하는 시바견.

둘은 언제나 다정하다.

주방의 작은 창으로 둘의 모습을 볼 때마다 행복한 마음이 드는 그들의 이웃집에 사는 나.

쿠리 사진첩 ①

작업실을 들여다보는 0살 쿠리.

방석이 있으면 일단 앉는다.

하얀 손발이 매력 포인트.

공은 독점하는 편입니다.

늠름한 열 살 쿠리.

몇 살 때든 자는 얼굴은 천사.

창밖에서 들여다보는 동그란 눈동자.

마당도 부엌도 보이는 이 자리를 좋아한다.

아빠, 뭐 먹어요?

엄마, 집에 들어와요~!

여기가 가장 따뜻해.

제2장. 쿠리 열여섯 살

무지개다리를 건넌 '시로'.

제3장

쿠리 열일곱 살

열일곱 살이 됐다

+

17년 동안 내 발밑에서
언제나 나만 보고 있는 쿠리

2021년 6월 30일. 쿠리는 드디어 열일곱 살 생일을 맞이했다. 그리고 트위터를 시작한 지는 1년 반이 됐다. 언제나처럼 오후 4시 반에 산책길에 나서서, 같은 자리에 앉아서 움직이지 않는 쿠리와 늘 똑같이 흐르는 강을 바라보며, '앞으로 얼마나 더 트위터를 할 수 있을까' 생각했다. 쿠리는 앉아 있는 것만도 힘든지 내 발밑에 기대 쉬었다. 하지만 표정은 기뻐 보였다. 많이 걷지 못해도 산책은 무척 좋아해서 언제나 즐거워 보였다.

발밑에 있는 쿠리의 체온을 느끼며 트위터에 쿠리가 열일곱 살이 됐다고 글을 올렸다. 지금까지의 일이 줄줄이 떠올랐다. 그러고 보니 어릴 때는 어미 곁에서 떨어지지 않았다고 했었지. 이 귀여운 겁쟁이는 그대로 자라서 천둥이 칠 때면 내 책상 밑에서 달달 떨고, 지붕에서 눈이 떨어지면 그 소리에 놀라서 설거지하는 내 발밑으로 달려와 낑낑 울었지…… . 하나하나 생각하니 눈물이 났다.

강아지 나이로 열일곱 살이면 상당히 장수했다고 본다. '#비밀결사노령견클럽'에 계속 글을 올린 건 노령견 돌봄의 힘듦과 노령견만의 특별한 귀여움, 함께 노력하는 생활의 즐거움을 알리고 싶어서였다. '나이를 먹었다는 이유로 버려지는 개가 조금이라도 적어진다면' 하는 마음이었다.

트위터에는 쿠리가 17년 동안 변함없이 내 발밑에 있는 모습 그대로를 일러스트로 그려서 올렸다. 이 글이 많은 사람에게 리트윗 되어 '좋아요' 수도 '팔로워' 수도 며칠 사이에 놀랄 만큼 늘었고, 댓글도 많이 달렸다. 그리고 곧 내가 몰랐던 사실 하나를 알게 됐다. 이미 많은 사람이 노령견과의 생활을 경험했고, 경험하고 있었다. 노령견을 돌본다는 건 힘들지만 노령견은 그만큼 귀여워서 함께 사는 게 즐거운 일이란 걸 다들 알고 있었다.

쿠리는 열일곱 살이 됐다. 그리고 17년 동안 줄곧 내 발밑에서 나만 보고 있다.

제3장. 쿠리 열일곱 살

열일곱 살 쿠리의 산책은
걷는 일이 별로 없다.

……

산책은 즐거워.

당연한 것들이 당연하지 않게 됐을 때

✛

쿠리는 이제 '하지 않는' 노령견이 됐다

쿠리 17살 1개월인 어느 날. 나는 쿠리의 케이지 앞에 쓰러져 있었다. 엎드린 상태로 다리를 쭉 뻗고 바닥에 쓰러져서 신음하듯 중얼거렸다.

"으흐. 으흐흐흐.♡ 오늘도 너무 귀여워."

이 무렵의 쿠리는 고개를 축 늘어뜨린 채 얼굴을 보여 주지 않았다. 어떻게든 표정을 보고 싶어서 내가 눈높이를 맞추며 내려가다 보니 바닥에 뒹굴면서 쿠리의 얼굴을 보게 되는 것이다. 코끝까지 얼굴을 들이대면 그제야 쿠리

제3장. 쿠리 열일곱 살

도 알아차리고 좋아했다.

쿠리는 이제 고개를 들 힘도 없어졌다. 쿠리가 우리를 올려다보는 게 당연하다고 생각했는데 이젠 그 당연한 일도 할 수 없게 됐다. 이름을 불러도 달려오지 않았고, 산책하러 가자고 말을 걸어도 꼬리를 흔들지 않았다. 언제나 고개를 숙이고 눈도 마주치지 않았다. 그동안 쿠리와 지내며 당연하게 즐겼던 모든 것들이 사라졌다. 쿠리는 '하지 않는' 노령견이 됐다. 하지만 그런 건 전혀 문제가 되지 않았다. 쿠리는 하루하루 더 귀여워졌고, 열일곱 살 쿠리와의 생활은 새로운 즐거움과 발견이 있었다.

쿠리가 잘 걷지 못하게 된 뒤로는 자주 안아 줬다. 어릴 때는 안겨 있는 게 싫어서 내 품에서 도망치는 게 일상이었는데 이제는 가만히 내 품에 안겨 있다. 쿠리가 노령견이 된 뒤로 얻게 된 즐거움이다. 쿠리의 무게와 체온을 가슴에 느끼면서 쿠리 목에 내 얼굴을 묻고 부비부비할 수 있게 됐다. 정말 최고.

　쿠리가 눈이 보이지 않아서 눈을 마주칠 수 없게 된 건 속상했다. 정면에서 내 얼굴을 똑바로 보는 일이 적어졌고, 나는 쿠리 뒤통수만 보게 됐다. 하지만 그 나름대로 귀여운 점이 또 있다. 동그란 뒤통수, 팔랑이는 귀를 맘껏 볼 수 있게 됐다는 것. 이젠 너무 많이 봐서 쿠리와 비슷한 강아지 뒤통수를 모아 놓고 '당신의 강아지 뒤통수는 어느 것일까요?'라고 묻는다면 단박에 정답을 맞힐 수 있다.

　트위터에 그런 모습을 자랑했더니 웬걸, 노령견을 키우는 다른 사람들도 모두 똑같은 행동을 하고 있었다. 바닥에 엎드려서 뒹굴며 멍멍이 얼굴을 보고, 편하게 안을 줄 알고, 바로 뒤통수 사진을 찍어서 댓글로 올릴 정도로 늘 휴대전화가 준비되어 있었다. 그렇구나. 노령견이 귀여워서 모두 약속한 것처럼 똑같은 행동을 하는구나. 수수께끼가 풀린 탐정처럼 진지하게 고개를 끄덕거렸다.

제3장. 쿠리 열일곱 살

0살도 귀엽다.

네 살도 귀엽다.

열일곱 살도 정말 귀엽다.♡

이따금 찾아오는 행복한 순간

오늘은 쿠리랑 이만큼이나 걸었어!

어느 날 산책하는데 쿠리가 컨디션이 좋아서 10미터 정도 더 걸었다. 단지 그것뿐인데 얼마나 행복하던지.

쿠리는 한 살 반부터 열네 살까지 거의 변함없이 활기찬 나날을 보냈다. 우리 강아지에게는 노화 따위 없다고 생각할 정도였다. 다치거나 병에 걸린 적은 있지만, 산책도 식사도 밤 울음도 항상 똑같았다. 그런데 열다섯 살이 지난 뒤로는 조금씩, 열일곱 살이 돼서는 날마다 달라졌다. 밥 먹는 양도 서서히 적어지고, 시판 간식도 먹을 수 있는 종류가 점점 줄었다. 배설 간격도 짧아지고, 무엇보다 제대로 누질 못했다. 마당에 데리고 나가는 타이밍과 장소를 바꾸기도 하며 쿠리가 가장 편한 때와 자세를 찾는 게 일이었다. 우리는 쿠리의 변화를 관찰하면서 '오늘은 이렇게 해 보자', '내일은 저렇게 해 보자' 하고 날마다 연구했다. 지금까지 당연히 하던 일을 하지 못하게 돼도 슬퍼할 겨를이 없었다.

그런 우리에게 이따금 찾아오는 행복한 순간은 바로 평범한 것을 해냈을 때다. 쿠리가 거의 걸을 수 없게 됐을 때였는데, 한번은 비틀거리면서 내 옆에서 나란히 걸었다. 겨우 10미터였지만 정말 행복했다.

"아아, 산책하고 있어! 쿠리랑 나, 평범하게 산책하고 있어!"

정말 정말 기뻤고, 정말 정말 행복했다. 집에 오자마자 가족들에게 자랑했다.

"10미터나 산책했어. 걷는 모습이 얼마나 귀여웠는

지 몰라!"

그 후로도 우리는 매일 산책하러 나갔다. 언제나 그 시간이 되면 케이지를 열고 쿠리를 안았다. 쿠리도 내가 안으면 산책의 시작이란 걸 알아챈 듯 하루는 내 품에 안겨 기쁜 듯이 날름 내 얼굴을 핥았다.

"앗, 기뻐라!! 핥아 주었어! 가족한테 또 자랑해야지!"

기쁜 마음에 나도 쿠리 얼굴에 내 얼굴을 갖다 대고 비비적비비적. 그랬더니 쿠리는 안긴 상태로 뒷발에 힘을 줘서 내 얼굴을 퍽 밀어냈다. '엄마, 너무 가까워요' 하듯이 말이다. 열일곱 살이 돼도 츤데레는 여전했다.

제3장. 쿠리 열일곱 살

산책하러 가려고
안았더니
날름 나를 핥았다.

그래서 나도
비비적비비적.♡

거부당했다.

쿨쿨 잠만 잘 자더라

✝

'설마' 하는 생각이 머릿속에 밀려들었다

8월 어느 날. 오후 4시, 산책 갈 시간이 다 돼 자고 있는 쿠리를 살짝 깨웠다.

"산책 갈까?"

쿠리는 케이지 안에 조용히 누워 있었다. 등을 쓰다듬으며 산책 시간이 된 것을 알리고 외출 준비를 하고 돌아왔는데, 쿠리는 그 자리에 그대로 누워 있었다.

"어, 오늘은 안 갈 거야?"

나이를 먹어도 산책을 무척 좋아한 쿠리. 몸이 좋지

제3장. 쿠리 열일곱 살

않은 날은 걷지 않을 때도 있었지만, 밖에 나가는 걸 싫어한 적은 없었다. 한 번 더 불렀다.

"쿠리이이, 산책하러 가야지?"

여전히 꼼짝하지 않았다. 평소 같으면 얼굴을 들고 기뻐했을 텐데……. 등을 쓰다듬어 보니 익숙한 쿠리의 체온은 손끝에 따스하게 느껴졌다. 그러나 쿠리는 힘없이 축 늘어져 있다.

"……어?"

'설마?' 하는 생각이 머릿속에 밀려들었다. '잠깐만, 어째서, 지금?' 등을 쓰다듬으며 몇 번이고 이름을 불렀다. 가슴에도 호흡하는 기미가 없다. '잠깐만, 가지 마, 가지 마!' 가슴이 쿵 내려앉았다. 쿠리를 세게 흔들며 거의 울부짖듯 한 번 더 이름을 불렀더니…….

일어났다. 쿠리, 숙면 중이었던 것이다. 여느 때처럼 즐겁게 산책을 한 뒤, 밥을 잔뜩 먹고 만족스럽게 또 잤다. 언제나와 같은 쿠리였다.

쿠리는 겁쟁이에다가 경계심이 많은 성격이다. 나이가 들어서도 작은 소리나 자극에 쉽게 잠을 깨서 깨워도 일어나지 않은 적이 한 번도 없었다. 깊게 잠들어서인지, 소리가 들리지 않아서인지 노령견이 잠이 많아지고 좀처럼 일어나지 못하는 일은 흔히 있는 일 같지만······.

정말로 깜짝 놀랐다. 내 심장이 한 번 멈췄다 뛰는 경험을 했다.

사소한 변화에도
불안해질 때가 있다.

그런 날은
쿠리가 자는 모습을
몇 분이고, 몇 시간이고
물끄러미 바라봤다.

노령견을 위한 완벽한 식사 프로젝트

+

엄마 손가락이 밥인 줄 알았던 거야

감사하게도 쿠리는 노령견이 되어서도 밥을 잘 먹었다. 늘 먹던 시간에 밥이 나오지 않으면…….

"멍! 멍멍멍!"(엄마! 밥 잊어버렸어!?)

깜짝 놀랄 만큼 큰 소리로 짖었다. 밥이 나올 때까지 계속 짖어서 혹시라도 식사 시간을 놓치면 부랴부랴 준비해야 했다. 그런데 어느 날, 쿠리가 밥을 남겼다. '식욕이 없는 걸까?' 하고 그릇을 치우려다가 혹시나 하는 마음에 그릇을 코끝에 갖다 대 줬더니 깜짝 놀라며 또 먹었다. 쿠리는 먹던 도중에 밥 먹는 걸 잊어버린 모양이다.

쿠리는 먹기 위해 열심히 입을 오물거렸지만, 입안에 아무것도 없거나 너무 많이 넣어서 옆으로 질질 흘렸다. 그래서 한 손으로 그릇을 잡고 먹기 좋게 손가락으로 밥을 모아 주는데 바로 그때.

"아얏! 아아야야얏!!"

검지를 콱 물려 버렸다. 내가 소리치면 소리칠수록 쿠리는 필사적으로 물고 놓아주지 않았다. 내 비명을 들은 남편이 달려와서 쿠리 입을 겨우 벌렸다.

"할 수 없지. 엄마 손가락이 밥인 줄 알았던 거야."

밥 주는 일을 남편과 교대하고 검지에 난 상처를 수돗물로 씻으면서 혼자 중얼거렸다. 남편의 도움을 받으며 시간이 걸려도 열심히 먹는 쿠리의 모습은 사랑스럽기만 했다. 하지만 손가락 상처를 보고 있자니 아픈 것보단 슬프고 속상해서 가슴이 무거워졌다. 예전에는 실수로도 나를 무는 일이 없었는데…….

쿠리와 신뢰 관계가 없어진 건가 싶기도 하고, 열심히 돌봐 주고 있는데 다 소용없는 일인 건가 싶기도 했다. 열심히 돌본다고 쿠리가 다시 젊어지는 것도 아니다. 아무리 애써도 쿠리는 날마다 약해져 가기만 했다. 그 모습을 옆에서 보고 있자니 속상해서 자꾸 울음이 터졌다. 그래도 열심히 돌봤다. 이유는 없었다.

쿠리는 이후에도 몇 번이나 내 손을 물었다. 덕분에 내 양손은 언제나 상처투성이였다. 이렇게 된 이상 소중한 내 손가락도 지키고, 쿠리의 식욕도 지키기 위해 '노령견의 완벽한 식사' 프로젝트를 시작하기로 했다.

일단 쿠리가 밥을 먹는 동안 바로 옆에 앉아 밥 먹는 것을 도와줬다. 여기저기 흘리며 먹어서 신문지나 펫 시트 위에서 먹게 했고, 목으로 넘기는 게 힘들어 보여서 그릇을 평소보다 조금 더 높게 설치했다. 먹는 동안에 앞발이 벌어져서 양손으로 잡아 줬는데 이번에는 허리가 옆으로 기울었다. SNS에서 노령견을 옆으로 눕혀서 숟가락으로 밥을 떠먹여 주는 동영상을 보고 따라 해 봤지만, 쿠리는 밥보다 숟가락을 더 많이 깨물어서 식사 한번 하고 나면 숟가락이 너덜너덜해졌다. 이렇게 '노령견의 완벽한 식사' 프로젝트는 실패와 개선을 반복하다 쿠리를 뒤에서 껴안듯 다리 사이에 끼고 앉아 쿠리의 허리와 다리를 고정한 모습으로 완성됐다.

손가락을 또 물리지 않기 위해 금속제 숟가락을 준비했고, 쿠리가 밥을 정신없이 먹고 있을 때 재빨리 접시 한쪽으로 밥을 밀어 줬다. 쿠리는 이제 남김없이 밥을 먹게 됐다. 시행착오는 있었지만 쿠리는 이 방법에 아주 만족한 듯 한동안 문제없이 밥을 잘 먹었다. 이렇게 '노령견의 완벽한 식사' 프로젝트는 성공!

이 방법은 내가 뒤에서 쿠리를 안고 있어서 매일 식사 시간 때면 쿠리 등을 마음껏 쓰다듬을 수 있어서 좋았다. 쿠리는 맛있는 밥을 남김없이 먹어서 좋았고, 나는 쿠리를 실컷 만질 수 있어서 좋았다. 모두에게 해피 엔딩.

노령견의 완벽한
식사 프로젝트.

바뀌기 전.

바뀐 후.

마음껏 쓰담쓰담 가능

비틀거리는 허리 고정

높게 올린 밥그릇

마음껏 만지기
가능.

데헷

제3장. 쿠리 열일곱 살

화려한 기저귀 데뷔

＋

기저귀가 귀여운 걸까 네가 귀여운 걸까

쿠리 17살 3개월. 드디어 기저귀를 쓰기 시작했다. 쿠리를 데려오기 전, 시로를 열여섯 살까지 키우면서 기저귀를 사용해 봤기 때문에 기저귀에 거부감은 없었다. 하지만 밖에서 배변하는 것이 쿠리의 마지막 자존심이어서 그것만큼은 지켜 주기 위해 온 가족이 노력했다. 그런 노력에도 배변 실수하는 일이 늘어나 하루에도 몇 번씩 빨래를 하게 되자 방석이나 시트를 감당할 수 없게 되어 결국 기저귀를 쓰기로 했다.

제3장. 쿠리 열일곱 살

쿠리가 싫어할지도 모른다. 기저귀를 찬 모습이 슬퍼 보일지도 모른다. 하지만…… 과감하게 애견용 기저귀 구멍에 꼬리를 끼우고 양옆 테이프를 붙였다.

'아. 너무 귀엽잖아!♡'

기저귀 입은 모습까지 귀엽다니. 노령견의 귀여움은 대체 끝이 어딜까? 다행히 쿠리도 싫어하는 기색 없이 쌔근쌔근 잘 잤다.

시로를 키울 때만 해도 애견용 기저귀는 테이프가 잘 붙지 않거나, 꼬리 구멍 크기가 맞지 않거나, 디자인이 괜찮은 게 없었다. 그런데 요즘 기저귀는 사용하기 편리하고, 디자인도 예쁘다. 게다가 연한 파란색 무늬가 있어서 우리 쿠리의 밤색 털에 잘 어울렸다.

기저귀가 귀여워서 쿠리가 귀여운지, 쿠리가 귀여워서 기저귀도 귀여워 보이는 건지 한동안 진지하게 생각했지만, 어쨌든 쿠리는 화려하게 기저귀 데뷔를 했다.

반려견이 나이 들어 가는 모습을 보며 어쩔 줄 몰라 하는 건 보호자 쪽이다. 쿠리는 매일 조금씩 할 수 없는 일이 늘어났다. 하지만 쿠리는 허둥대는 법 없이 오히려 전보다 평온해지고 귀여움 지수만 높아졌다. 트위터에서 이런 쿠리 모습을 본 분이 "노령견들은 할 수 없는 것이 늘어나는 것을 담담히 받아들이면서도 그때의 자신을 즐기는 모습이 멋있어요"라는 댓글을 남겼다. '멋있다'는 표현, 정말 딱 그대로다.

'열일곱 살 쿠리, 짱 멋지십니다.'

기저귀 데뷔 후 두 달이 지났다. 쿠리는 눈도 귀도 멀고, 걷지도 달리지도, 앉지도 서지도 못하는데 혼자 슬그머니 기저귀를 벗을 줄 알았다. '혹시 천재가 아닐까?' 하고 가족끼리 진지하게 얘기했다. 기저귀가 너무 큰가 싶어서 한 치수 작은 것으로 바꿔도 마찬가지였다. 더 작게 해도 어느새가 슬그머니 벗겨져 있었다. 정말 똑똑하단 말이지…….

제3장. 쿠리 열일곱 살

쿠리 17살 3개월,
기저귀를
처음 썼다.

귀······
귀여워.

기저귀가 귀여워서
쿠리가 귀여운지,

······

쿠리가 귀여워서
기저귀가 귀여운지
생각 중.

쿨─

그래도 산책이 제일 좋아

+

일상에 촘촘히 박혀 있는 보통의 기적

어느 가을날, 여느 때와 같이 쿠리와 산책 중이었다. 그런데 세상에. 쿠리가 밖에서 응가를 했다. 밖에서!

17살 3개월이 지난 쿠리는 서는 것도 아슬아슬할 정도로 다리가 약해졌다. 그런데 뒷발에 힘을 준다 싶더니 실외 배변 기적을 보여 줬다. 노령견을 키워 본 사람이라면 이게 얼마나 대단한 일인지 알 것이다. 바로 가족에게 알려서 다 같이 쿠리를 안고 기뻐했다. 이 무렵에는 늘 기저귀를 하고 다녀서 이제 더 이상 밖에서 배변하는 일은 없을

제3장. 쿠리 열일곱 살

것이라고 생각했다. 선거 차량에 올라 동네방네 떠들고 다니고 싶을 만큼 기쁜 사건이었다. 밖에서 응가를 한 것뿐이었는데.

며칠 뒤, 쿠리를 안고 산책하던 중 잠깐 땅에 내려 주었더니 냉큼 걷기 시작했다. 비틀거리긴 했지만 땅을 움켜쥐듯이 하얀 앞발을 한 걸음 한 걸음 내밀었다. 얼른 휴대 전화를 꺼내 걷는 모습을 동영상으로 찍었다. 한 달 만에 다시 걷는 순간이었다. 몸은 전처럼 자유롭지 않아서 뒤로 돌아가기도 하고 금방이라도 쓰러질 듯 휘청거렸지만, 천천히 조금씩 앞으로 나아갔다. 어쩐지 쿠리도 신나 보였다. 헤매고, 무너지고, 실수해도 전진하는 그 모습에 많은 것이 담겨 있어서 눈시울이 뜨거워졌다. 개가 걸었다. 단지 그것뿐인데.

열일곱 살 쿠리의 일상에는 '보통'이라는 기적이 촘촘히 박혀 있었다. 작은 몸짓 하나하나가 우리 가족에게는 빅뉴스였다. 가족들은 집에 돌아오면 제일 먼저 오늘 쿠리가 어땠는지 묻는다. 그럼 나는 "즐겁게 산책했지, 응가도 잘 하고 쉬도 했어, 밥도 잘 먹었고, 지금은 기분 좋게 자고 있네" 하고 평범한 일상을 자랑스럽게 늘어놓는다. 그 말을 듣고 가족들은 아주 기쁜 표정으로 쿠리에게 가서 "착하네, 우리 쿠리♡" 하고 칭찬 폭격기를 날린다. 옆에서 보면 조금 웃길지도 모르지만 그게 우리 가족의 행복이었다.

걷지 못하게 된 후로도 매일 아침과 초저녁, 두 번씩 밖으로 데리고 나가서 걸었다. 잘 앉지도 서지도 못해서 풀숲에 퍼진 채 움직이지 않는 일이 많아졌다. 그래도 바람이 부는 방향을 향해 코끝으로 공기를 읽듯이 냄새를 맡는 쿠리 모습이 즐거워 보여서 옆에서 보는 나도 왠지 마음이 설렜다.

제3장. 쿠리 열일곱 살

내 모든 시간 속에 녹아 있는 너

+

그 작은 떨림과 체온을 지금도 기억해

쿠리에게 잠시도 눈을 뗄 수 없어졌다.

'일하는 곳에 쿠리를 데려갈 수도 없고 어떡하지 →
아, 큰일 났다! 짖고 있어! → 쿠리에게 달려가서 안아 준다
→ 조용해진 쿠리 → 폭신폭신 보들보들 귀여워어어어어어
어어♡'를 되풀이한다.

언젠가부터 목이 이상한 방향으로 휘어서 원래대로
돌아오지 않게 된 쿠리는 컹컹 짖으며 가족을 부르는 일이
잦아졌다. 잠시만 집을 비워도 걱정되는 상황이어서 가족

제3장. 쿠리 열일곱 살

끼리 의논한 결과 반드시 한 사람은 쿠리 옆에 있기로 했다. 그래서 나는 집에서 일을 하며 쿠리와 거의 함께 보냈다.

혼자서 몸을 움직이지 못하는 쿠리를 대신해 자세를 바꿔 주고, 기저귀도 갈아 주고, 불편한 건 없는지 자주 들여다봤다. 우리 생활은 늘 쿠리의 체온을 확인하는 일의 연속이었다.

그러다 문득 예전 일이 떠올랐다. 2011년 3월 11일, 동일본 대지진이 일어난 날. 당시 쿠리는 여섯 살이었다. 그때 나는 재택근무 중이었고, 쿠리는 옆방에서 자고 있었다. 오후 작업을 시작한 지 얼마 되지 않았을 때, 멀리서 낮고 무거운 땅울림이 마을을 삼킬 듯이 다가오는 걸 느꼈다. 이건 규모가 큰 지진이란 걸 알아차리자마자 의자에서 벌떡 일어나 큰 소리로 쿠리를 불렀다. 쿠리는 쏜살같이 나에게 달려왔고, 나는 쿠리를 안고 서둘러 밖으로 뛰쳐나왔다.

마당 한복판에서 쿠리를 안은 채 주저앉아 거리가,

지면이 파도치듯 흔들리는 것을 쿠리와 같이 봤다. 무서운 풍경이었다. 쿠리는 내 품속에서 꼼짝도 하지 않고 '낑, 낑' 하고 조그맣게 울며 떨었다. 한 번도 들은 적 없는 울음소리를 낸 것은 그때뿐이었다. 그 작은 떨림과 체온을 지금도 기억한다.

다행히 우리 지역은 큰 피해 없이 벽에 약간 금이 간 정도로 끝났다. 그때 내 품에 안겨 떨고 있던 쿠리는 이제 나이를 먹어서 열일곱 살이 됐다. 몸을 움직이지 못하는 쿠리를 안고 있으니 그때 그 온기가 문득 생각났다.

'우리가 함께한 17년이라는 긴 시간 속에 이런 일도 있었구나. 그러네, 그때도 우리는 함께 있었구나.'

제3장. 쿠리 열일곱 살

안녕?
그래그래.

빨래

낑낑

낑낑

17년 동안
우린 줄곧 함께 있었네.

옳지 옳지

어느새 쿠리를 안고도
집안일을 거뜬히
해낼 수 있게 됐다!!

여전히 반짝반짝 빛나고 있어

+

쿠리 속에 있는 '사랑해'라는 마음의 빛

산에 겨울이 시작될 무렵, 쿠리는 완전히 움직이지 못하게 됐다. 그래도 나는 날마다 쿠리를 안고 늘 가던 산책길을 걸었다. 함께 아침 해를 보기도 하고(쿠리에게는 이제 보이지 않겠지만), 낙엽 위에 내려 주고 흙냄새를 맡게 해 주기도 했다. 아침저녁 하루 두 번 있는 이 시간을 쿠리도 나도 즐겁게 기다렸다. 땅에 내려놓으면 흐물거리며 옆으로 쿵 쓰러져서 내 다리 사이에 끼워서 쿠리를 받쳐 준다. 그러면 서서히 쿠리의 체온이 다리로 전해져 와 행복해졌다.

제3장. 쿠리 열일곱 살

눈이 내렸을 때, 하얀 눈 위에 발을 살짝 닿게 해 줬더니 쿠리는 조금 놀란 얼굴로 가만히 두 발에 집중했다.

'차갑고 보드랍네? 이건 눈이 아닐까? 뭔가 신나는걸?'

그런 생각을 하는 것 같았다. 쿠리는 눈을 무척 좋아했다. 눈이 오면 개들이 제일 좋아한다는 말처럼 쿠리도 신나서 뛰어다녔다. 노령견이 돼서도 차갑고 보드라운 눈이 여전히 좋은 모양이다. 눈 위에 쿠리를 두고 그대로 손을 뗐더니 오랜만에 혼자 서 있었다. 쿠리는 가느다란 다리로 온 힘을 다해 버텼다.

"아, 섰다! 대박, 대박. 잘했어. 훌륭해!"

아무도 없는 새하얀 숲속에 내 환성만 덩그러니 울렸다.

쿠리는 조금씩 야위어 가며 작아졌다. 체중을 재니 작년 겨울보다 2킬로그램 줄었다. 쿠리 사진을 찍어서 트위터에 올리려고 하다가 그만두는 일이 많아졌다. 뼈가 앙상한 팔다리와 윤기 없는 털, 탁한 눈동자, 여기저기 생긴 종기, 힘이 없어서 움직이지 못하는 몸과 축 늘어진 꼬리. 모르는 사람이 보면 차마 안쓰러워 볼 수 없는 모습일 것 같아서 주저됐다.

노령견에게는 독특한 귀여움이 있다. 하지만 노령견과 함께 생활해 본 적이 없는 사람에게 이를 설명하기가 참 어렵다. 할 수 있는 일이 점점 줄어들고 겉모습이 많이 달라졌다. 눈도 하얗게 변했다. 그러나 쿠리의 마음속에 있는 '가족들, 사랑해' 하는 빛은 여전했다. 그 빛은 아무리 나이가 들어도 반짝반짝 빛나, 쿠리는 최고로 귀여웠다.

산책에서 돌아오면 몸을 부축해 물을 먹여 줬다. 그리고 쿠리가 물을 초롭초롭 다 먹을 때까지 가족들은 흐뭇하게 지켜봤다. 그 시간과 체온을 온 마음에 새기듯이.

제3장. 쿠리 열일곱 살

멈추지 않는 밤 울음

✛

우리는 이제 자지 않기로 결심했다

우리 가족은 밤 10시 반부터 새벽 2시까지를 '골든 타임'이라고 불렀다. 바로 밤 울음 시간이다. 안고 또 안고, 쓰다듬고 또 쓰다듬고, 토닥이고 또 토닥이고. 그야말로 쿠리를 울지 않게 하기 위해 온갖 방법을 동원해 달래는 시간이었다.

'#비밀결사노령견클럽'에 올라온 글을 보니 우리처럼 노령견 밤 울음으로 고생하는 가족이 많았다. 낮에 그렇게 쿨쿨 자고는 밤이 되면 자지 않는 것이다. 먼저 무지개다리를 건넌 시로를 키울 때도 비슷했다. 시로는 슬픈 사연

제3장. 쿠리 열일곱 살

이 있는 것처럼 밤마다 울었는데 무슨 짓을 해도 그치지 않아서 정말로 고생했었다. 그런 경험이 있어서 어느 정도 각오는 했지만, 쿠리 밤 울음도 달래기 힘든 건 마찬가지였다.

쿠리는 우리가 잠들 무렵부터 바스락바스락 움직이며 불안하게 울었다. '외로운 건가?' 하고 쓰다듬어도 안 되고, '목이 마른가?' 하고 물을 줘도 먹지 않았다. '오줌이 마려운가?' 하고 기저귀를 갈아 줘도, 마당에 데리고 나가도 소용없었다. 달래 주면 잠깐 그치긴 하지만 그때뿐이었다. 열일곱 살 하고도 6개월이 더 지났을 무렵에는 아침까지 쉬지 않고 울었다. 매일 밤 반복되다 보니 가족들은 수면 부족에 시달렸고 '한계'라는 두 글자가 머릿속을 스칠 정도로 지쳐 갔다.

우리는 자지 않기로 결심했다. 먼저 밤 11시, 올빼미형인 남편이 울기 시작하는 쿠리를 달랬다. 남편은 케이지 안에 들어가서 같이 누워 있는 방법을 썼다. 쓰담쓰담도 해 주고 뒤집기도 도와주다 살짝 얌전해진 틈을 타 옆에 같이 누웠다. 새벽 2시가 지나면 남편도 힘들어서 3시쯤부터는 아침형 인간인 내가 일어나서 쿠리를 달랬다. 나는 갓난아이를 달래듯 쿠리를 안고 등을 토닥토닥했다. 그러면 울음을 그치고 금방 얌전해졌다. 그리고 새벽 6시가 되면 쿠리를 데리고 아침 산책을 나갔다.

함께 아침 햇살을 받으며 집으로 돌아오면 쿠리는 다시 평온하게 쌔근쌔근 잤다. 매일매일 그런 하루가 날마다 반복됐다. 너무 일찍 일어난 나는 밤 10시쯤이면 깊이 잠들어 쿠리가 아무리 짖어도 알아채지 못하고, 다시 남편이 케이지에 들어가는 일이 반복되는 하루하루였다. 노령견의 밤 울음이 오래 계속되면 정말 심각해진다. 우리만 그런 게 아니라, 밤마다 함께 우는 보호자가 얼마나 많은지 모른다. 나 역시 밤마다 쿠리를 괴롭히는 그 정체만 알 수 있다면, 어떤 방법을 써서라도 물리쳐 주고 싶었다.

그래도 우리 모두 쿠리를 사랑하는 마음 하나로 끝이 보이지 않는 싸움을 계속했다.

제3장. 쿠리 열일곱 살

고요하고 평온한 세상 속에서

✛

그때 그 시간에 쿠리는 무슨 생각을 했을까

쿠리는 이제 완전히 움직일 수 없게 됐다. 일어서지도 못하고, 고개를 드는 것조차 힘겨워졌다. 누워서 두 발을 버둥거리는 것만이 쿠리가 할 수 있는 전부였다. 움직이지 않는 몸으로, 아무것도 보이지 않고 아무것도 들리지 않는 고요한 세계 속에서 쿠리는 과연 무엇을 느끼고 있었을까.

욕창이 생기지 않도록 가족들은 시간마다 쿠리의 자세를 오른쪽, 왼쪽으로 바꿔 줬다. 고개도 그때그때 편안한 높이가 달라져 베개 위치를 세심하게 조정해야 했다. 이런 이유로 자주 쿠리를 안아 올리게 됐는데, 그럴 때마다 쿠리는 소스라치게 놀랐다. 가족이 다가오는 기척을 알아차리지 못했기 때문이다. 아마도 고요한 세계에서 멍하니 있다가 갑자기 커다란 힘으로 들어 올려지는 느낌이었을 것이다. 놀라는 것도 당연하다.

그래서 안기 전에 살짝 등을 쓰다듬어 주거나 코끝에 손을 갖다 대 냄새를 맡게 해 주며 '잠깐 안아 줄게' 하는 신호를 보냈다. 그러면 쿠리는 '아, 엄마가 왔다, 안아 주려나 산책하러 가려나' 혹은 '아, 아빠가 왔다, 베개를 바로 해 주려나' 하고 마음의 준비를 하는 듯 보였다.

열일곱 살이 된 쿠리는 종일 누워 있었지만 정말 평온해 보였다. 언제나 겁먹은 얼굴을 하고 이리저리 뛰어다니던 겁쟁이 쿠리가 거짓말처럼 늘 싱글벙글 웃고 있었다. 무서운 것도 보이지 않고 무서운 소리도 들리지 않는데, 가족들이 자주 안아 주기까지 하니 마음이 평온해졌나 보다. 다행이다. 참 다행이야.

어라. 아무도 없네.

아빠? 엄마?

달려도 달려도 앞으로 나가질 않아.

제3장. 쿠리 열일곱 살

무서워.

무서워.

무서워어어.

어라?

아, 엄마 냄새다.
엄마! 어디 있었어?

산책하러
갈까?

쿠리와 할머니

+

할머니 냄새를 맡으면
반갑다고 꼬리를 살랑살랑

할머니가 오랜만에 쿠리를 보러 왔다. 쿠리는 처음 우리 집에 올 때 할머니 무릎에 앉아서 차를 타고 왔는데, 그래서인지 할머니를 무척 좋아했다. 할머니는 조금 떨어진 이웃 마을에 살고 있어서 둘은 한 해에 몇 번밖에 만나지 못했지만 쿠리는 할머니를 신기할 정도로 잘 따랐다.

보통 시바견은 가족 이외의 사람을 좀처럼 따르는 법이 없다. 이웃 사람에게도, 택배 기사에게도 늘 최고 레벨의 경계 태세를 갖춘다. 심지어 자주 놀러 와서 간식 주는 친구에게도 쉽게 꼬리를 흔들어 주지 않는다. 그런 쿠리가 함께 사는 가족 이외에 유일하게 따른 사람이 할머니였다.

어렸을 때는 할머니가 오면 펄쩍펄쩍 뛰어다니고 난리가 나서 진정시키느라 애를 먹었다. 현관 밖에 할머니가 왔다는 걸 알아차리는 순간부터 빙글빙글 돌며 그야말로 야단법석이었다. 집 안을 한차례 뛰어다니고 난 뒤에야 현관 앞에서 컹컹 할머니를 불렀다. 설레는 뒷발은 제대로 서 있질 못하고, 꼬리는 헬리콥터처럼 빙글빙글 돌아서 금방이라도 날아가 버릴 것 같았다.

이대로라면 정말 둘 중 한 명은 날아가 버릴 것 같아서 먼저 쿠리를 붙들고 현관으로 들어온 할머니가 앉기를 기다린 뒤에 쿠리를 놓아줬다. 쿠리는 미칠 듯이 기뻐하며 할머니 품으로 날아갔다. 매번 쿠리와 할머니는 이런 감동의 재회를 했다.

마지막으로 할머니가 쿠리를 만나러 온 때는 추위가

조금 누그러지고 햇살이 따스해지기 시작한 3월, 쿠리가 17살 8개월이었을 무렵이었다. 이때 쿠리는 움직이지 못해 거의 모든 시간을 케이지에 누워만 있었다. 그래도 할머니와 인사를 나눴으면 해서 쿠리를 안아서 할머니 쪽으로 고개를 돌려 주자, 앞발을 스윽 할머니 쪽으로 내밀고 할머니 냄새를 맡더니 고개를 들었다.

할머니는 쿠리의 앞발을 부드럽게 잡고 얼굴을 쿠리의 코끝에 가까이 대고 눈을 감았다. 쿠리와 할머니는 서로 아무 말도 하지 않았지만 전부 알고 있는 것 같았다. 그 모습을 가만히 보고 있으니 눈물이 멎질 않았다.

제3장. 쿠리 열일곱 살

할머니
오셨어

어릴 때부터 쿠리가
가장 좋아했던
할머니가 쿠리를
보러 왔다.

어린 시절의
쿠리

쿠리와 할머니는
아무 말도 하지 않았지만
그 마음이 뭔지 알 것 같아서
나는 눈물이 멎지 않았다.

너랑 행복했던 시간이 가득해

✛

넌 항상 귀여웠고, 난 늘 행복했어

3월 말, 쿠리는 이제 17살 9개월이 됐다. 이 무렵 쿠리와의 생활은 매일 책장을 한 장씩 넘기는 듯한 날들이었다. 남은 쿠리의 생명 책장을 말이다.

　쿠리의 힘없는 모습을 보고 있자니 아무래도 이별이 가까워지고 있음을 각오해야 할 때가 온 것 같았다. 하지만 아무도 그 말을 입 밖으로 꺼내진 않았다. 쿠리의 마지막을 말로 하는 게 두렵기도 했지만, 마음속에 자리한 괴롭고 슬픈 감정보다 더 컸던 게 있었다. 쿠리가 너무나 귀여웠다.

제3장. 쿠리 열일곱 살

귀엽고 귀여워서 행복했다. 그 무렵 쿠리를 기록한 나의 일기장은 거의 이런 내용이었다.

3월 31일

쿠리는 혼자 앉지도 서지도 못하기 때문에 항상 안아 준다. 그러면 쿠리는 '어? 혹시 내가 다시 아기가 된 건가?' 하는 얼굴이다. 그러면 가족들은 그런 쿠리 표정을 보고 "우리 쿠리 짱 귀여워"라고 한다. 드디어 진정한 '비밀결사단'이 된 듯한 기분이다.

4월 12일

미용실에 다녀왔다. 헤어 디자이너에게 노령견이 얼마나 귀여운지 2시간 정도 열변을 토했다. 아주 만족스럽다.

4월 15일

오랜만에 열이 나서 종일 잤다. 옆에서 쿠리도 종일 잤다. 쿠리 귀가 쫑긋쫑긋 움직이는 것을 종일 볼 수 있어서 행복했다.

4월 19일

저녁밥을 잘 먹어 줬다. 너무 기뻐서 울었다.

　　노령견 돌봄은 절대 쉽지 않다. 이 무렵의 우리 일상
생활은 오롯이 쿠리를 돌보는 것에 맞춰져 있었다. 밥도 화
장실도 항상 도움이 필요했고, 밤에도 잠들지 못하는 날이
계속됐다. 그래도 지금 돌이켜 보니 힘든 기억보다는 언제
나 쿠리는 귀여웠고, 그런 쿠리를 보며 행복해했던 기억이
더 많다. 쿠리는 어땠을까?

누워서만 지내는
열일곱 살 쿠리.

쿨ㅡ

쫑긋쫑긋   쫑긋

행복하다.

쿠리 이름의 유래

-¦-

쿠리는 털이 밤색이어서 '쿠리'(일본어로 밤이라는 뜻)라고 지었다. 먼저 무지개다리를 건넌 '시로'(일본어로 희다는 뜻)도 털색이 이름의 유래였다.

시로는 시바견 믹스로 하얀 털에 분홍빛 코가 귀여운 아이였다. 나이가 들어서는 치매에 걸려 가족 모두가 시로를 돌봤는데, 할머니가 시로를 가장 애틋하게 돌봤다. 그래서인지 시로는 할머니를 제일 좋아했다.

시로는 열여섯 살에 무지개다리를 건넜다. 아침에 집안일을 마친 할머니가 시로를 안고 언제나 눕던 방석에 눕혔을 때 조용히 눈을 감았다. 마지막으로 '멍!' 하고 큰 소리로 할머니에게 인사를 했다고 한다.

쿠리도 할머니를 제일 좋아했다. 어쩌면 무지개다리 너머에서 시로가 쿠리에게 할머니를 잘 부탁한다고 말했을지도 모르겠다.

벚꽃이 필 무렵

쿠리의 열일곱 번째 벚꽃 놀이

+

올해도 너와 봄을 보내고 싶다는 나의 욕심

4월의 마지막. 산책길에 있는 산벚꽃이 활짝 피었다. 열일곱 살의 쿠리가 보는 열일곱 번째 산벚꽃이다. 쿠리에게는 이제 보이지 않겠지만 그래도 나는 "예쁘지?" 하고 물었다.

산벚꽃은 봄이 끝날 무렵 산속에 피는 벚꽃이다. 우리가 항상 걸었던 강변길 산책로에는 아름드리 산벚나무가 있다. 마을에서 피는 왕벚꽃보다 늦게 펴서 텔레비전에 벚꽃 뉴스가 한창일 때 산벚꽃은 아직 앙상했다. '아직인가', '조금만 더 있으면 피려나' 하고 기대하면서 꽃봉오리를 찾는 게 봄 산책의 즐거움이었다. 산속 환경이 험해서 꽃이 풍성하게 피는 해도 있고 그렇지 않은 해도 있다. 그런데 쿠리와 본 이때의 산벚꽃은 나무 꼭대기까지 가득 피어 있었다.

쿠리를 안고 올려다본 산벚꽃은 정말 예뻤다. 그러고 보니 쿠리가 어렸을 때는 거침없는 걸음에 맞춰 나무 아래를 빠르게 지나가느라 이렇게 여유롭게 산벚꽃을 올려다볼 일이 없었다. 쿠리에게는 이제 꽃이 보이지 않겠지만 쿠리도 산 공기가 따스해졌다고 엄마가 기뻐하는 건 느껴지지 않았을까?

얼마 전만 해도 '올해도 쿠리와 같이 벚꽃을 보고 싶어'라고 생각했다. 하지만 3월쯤부터 그런 생각 한 것을 후회했다. 쿠리는 이 무렵 이미 너무 야위고 기운이 빠져서 매일 누워 있기만 했다. 축 늘어진 모습을 보고 있으면 책임감 같은 것, 후회 같은 감정이 내 안에서 빙글빙글 맴돌았다.

'더 많이 걷고, 신나게 달리고, 맛있는 것 배불리 먹고 그러고 싶지? 그런데 즐거운 것을 하나도 못 해서 쿠리에게는 지금 이 순간이 더 고통스러운 건 아닐까? 혹시 내가 억지로 붙들어 두는 게 아닐까?'

나는 쿠리와 더 오래 함께 있고 싶었다. 쿠리는 아마 그걸 알고 있었을 것이다. 쿠리는 언제나 가족을 생각하는 아이니까 '올해도 너와 벚꽃을 보고 싶다'는 내 욕심을 느꼈을지도 모른다. 쿠리의 고통뿐인 나날을 생각한다면 벚꽃이 필 때까지 힘내길 바라는 게 아니었는데…….

쿠리와 나는 함께 만개한 벚꽃을 봤다. 하지만 더는 바라지 않을게. 쿠리, 네가 하고 싶은 대로 하면 돼…….

제4장. 벚꽃이 필 무렵

1년 만에 흔든 꼬리

쿠리가 보여 준 짧은 기적

5월 6일의 사건은 오후 산책에서 돌아오자마자 트위터에 글을 올렸다. 오후 4시 반에 산책하러 나가서 5시 3분에 돌아와 잔뜩 흥분한 상태로 케이지에서 곤히 잠든 쿠리 옆에 앉아 휴대전화를 들고 신나게 글을 써 내려갔다. 산책 중에 일어난 광경을 몇 번이고 떠올리며 한동안 움직이지 못했던 게 지금도 생생하다. 호들갑스러울지 모르지만, 그때의 감동은 평생 잊지 못할 기억이 됐다.

초저녁 산책 시간까지 나는 컴퓨터 앞에 앉아 일을

한다. 쿠리는 조금 떨어진 케이지에서 잠을 잔다. 4시 반이 되면 일을 마치고 쿠리에게 다가가 등을 쓰다듬으며 "산책하러 가자" 하고, 준비를 마친 뒤 쿠리를 안고 밖으로 나간다. 산책로인 강변길까지는 20미터 정도다. 나무 사이를 지나 돌계단을 내려가 도로까지 나왔을 때, 뭔가가 살랑살랑 흔들리는 걸 느꼈다. 꼬리다. 쿠리의 꼬리가 흔들렸다. '어?' 놀란 표정으로 내 품에 안겨 있는 쿠리 얼굴을 자세히 봤다. 눈동자가 탁해서 시선이 마주치진 않았지만 내 얼굴을 똑바로 보고 있었다.

"응? 왜 그래? 왜 그래?"

그러자 내 목소리에 반응하듯이 활짝 밝은 표정으로 바뀌더니 다시 꼬리를 살랑살랑 흔들었다. 쿠리가 꼬리를 흔든 건 1년 만이다.

"기뻐? 즐거워?"

쿠리에게 말을 걸었다. 쿠리는 기쁜 듯이 나를 보며 내 목소리에 반응하고 그때마다 꼬리를 흔들었다. 나는 길

한복판에서 왈칵 울음이 터졌다.

"사랑해, 사랑해. 산책 정말 즐겁지."

우리는 한동안 그렇게 있었다. 10분 남짓한 짧은 시간이었지만 정말 행복했다. 이윽고 쿠리는 다시 표정이 없어지고, 꼬리도 흔들지 않게 되고, 느릿하고 약한 호흡을 되풀이하는 고요한 세상으로 돌아갔다.

쿠리가 꼬리를 흔들었어요! 뉴스에 속보로 띄우고 싶은 심정입니다!

트위터에 잔뜩 신이 나서 글을 올렸다. 쿠리가 꼬리를 흔들며 예전처럼 날 보고 활짝 웃어 준 건 이때가 마지막이었다. 이 짧은 기적의 시간에 쿠리에게 '사랑해'라고 몇 번이나 말했다. 이제 쿠리에게는 들리지 않겠지만 부디 잘 전해졌기를.

제4장. 벚꽃이 필 무렵

여전히 난 이별이 두려워

✛

괜찮다고 했지만 조금도 괜찮지가 않아

트위터를 시작하게 된 가장 큰 이유는 쿠리와의 이별을 받아들일 자신이 없었기 때문이다. SNS를 통해 나와 비슷한 처지에서 분발하는 보호자와 노령견들의 모습을 보면서 쿠리를 돌보다 지칠 때 힘을 얻었다. 그리고 그동안은 쿠리가 안심할 수 있도록 무조건 더 강해져야 한다고 생각했지만, 이 무렵부터는 생각이 조금 달라졌다.

제4장. 벚꽃이 필 무렵

5월 12일

얼마 전만 해도 밥 먹는 양이 조금이라도 줄면 걱정이 돼서 어쩔 줄 몰랐지만, 지금은 먹지 않는 날이 있어도 '아, 오늘은 안 먹는구나', '괜찮아, 괜찮아, 괜찮아' 하고 쓰다듬어 준다.

5월 16일

17살 10개월 쿠리는 반짝반짝 빛나고, 보송보송 부드럽고, 러블리 빔이 **뿅뿅!**(너무 말라서 보기도 애처로워 사진을 찍지 못하니 말로 표현하려다 이상해진 보호자.)

5월 17일

쿠리가 늙어 가는 모습을 아직도 온전히 받아들일 자신이 없지만, 무리하지 않고 울고 웃으며 너무 애쓰지 않으려 하고 있다. 이건 쿠리에게 배운 듯…….

이런 식으로 하루하루 나이 들어 가는 쿠리와의 날들

을 쓰기 시작한 지 2년이 지났지만 나는 전혀 강해지지 않았다. 여전히 이별은 두려웠고, 담담하게 받아들일 자신이 없었다. 그때가 오면 제정신으로 있지 못하겠지만 그래도 좋다고 생각하게 됐다. 그대로 좋다고.

제4장. 벚꽃이 필 무렵

쿠리가 끙끙거리며
힘들어하는 날에는
가족들이 번갈아 가며
말을 걸어 줬다.

그러면 쿠리는
편안해진 얼굴로

쌔근쌔근
잠이 들었지만

우리는 그래도 걱정이
되어 곁에서 쿠리를
줄곧 지켜본다.
'아야 아야 아픈 곳
다 날아가 버려라' 하고
주문을 외우면서.

힘들 때는 참지 말고 울면 돼

＋

너무 슬플 땐 나를 쓰담쓰담해도 좋아

쿠리와 함께 지낸 17년 동안 실수도 하고, 지나치게 애쓰다 지치기도 하고, 무너질 뻔한 순간도 있었다. 언제나 내 옆에는 쿠리가 있었다. 힘들 때 쿠리는 항상 자기를 쓰다듬어 달라고 다가왔다. 내가 울음을 터트릴 때까지 머리를 쓰다듬게 했다. '힘들 때는 참지 말고 울면 돼'라고 말하는 것 같았다. 겁쟁이고, 고집쟁이고, 츤데레인 쿠리였지만 늘 가족을 생각해 줬다. 노령견이 된 지금도 그 마음은 여전해서 항상 우리를 지켜보고 있다는 걸 느낀다.

나이를 먹고 약해져 가는 쿠리를 안으며 고통스러운 기분이 들었을 때, 그 기분 그대로 있어도 된다고 생각하게 된 건 예전부터 쿠리가 가르쳐 준 덕분이라는 사실을 문득 깨달았다. 쿠리는 내게 슬픔을 이기는 법을, 이별을 받아들이는 법을 알려 줬다. 그리고 쿠리는 17살 10개월이 지났다.

나도 그다지 능숙하게
살아가는 사람은 아니라서,
무너질 것 같을 때도 있었다.

쿠리는
그런 내 상태를
바로 알아차렸다.

내게 다가와서
'머리 쓰담쓰담해 줘' 하며
나를 보았다.

제4장. 벚꽃이 필 무렵

연신
떨고 있는 쿠리를
쓰다듬고 있으니

왠지 눈물이 나서
나도 모르게
소리 내 울었다.

그랬더니 쿠리는
안심한 듯이
다시 조금 떨어져서

우는 나를
한참이나
지켜보았다.

열일곱 살이 되어
몸을 움직이지 못하는
노령견이 돼도
쿠리는 여전히
가족 생각뿐이다.

제4장. 벚꽃이 필 무렵

열일곱 살 쿠리
안긴 채 산책 중

산책하다가 만나면
언제나 아는 척해 주는
리버 언니.

무척이나 다정하게
인사를 한다.

헤어질 때도
몇 번이나 돌아보며
인사한다.
힘세고 착한
리버 언니.

우리는 모두 산책 친구

+

착한 리버 언니는 남자 친구 모집 중

강변은 강아지들의 훌륭한 산책길이어서 종종 다른 산책 친구들도 많이 만났다. 우리 쿠리에게도 산책 친구가 있었다.

노령견이 되니 주위 강아지들도 반응이 달라졌다. 마음이 맞지 않던 아이들도 천천히 다가와서 우리 쿠리의 상태를 살펴보고 킁킁 냄새를 맡고 싶어 했다. 건강할 때는 그런 걸 싫어했던 쿠리도 사소한 것은 아무거나 상관없다는 얼굴로 그저 '허허' 하며 아무 반응도 하지 않았다. 그런

사소한 건 개의치 않는다는 듯한 얼굴이었다.

근처 레스토랑에 사는 리버 언니는 몸이 크고 힘이 센 리트리버 믹스견이다. 리버는 쿠리가 걸을 수 없게 된 뒤로 우리가 산책할 때마다 무척 신경을 써 줬다. 산책하다가 만나면 안겨 있는 쿠리에게 코끝으로 다정하게 인사를 건네고, 헤어질 때도 몇 번이고 뒤돌아봤다.

한번은 언제나처럼 쿠리를 안고 강변을 걷고 있는데 원숭이가 나무에서 툭 하고 떨어졌다. 원숭이도 나무에서 떨어질 때가 있다더니 실제로 그 일이 내 눈앞에 벌어졌다. 그리고 떨어진 원숭이를 따라 두 마리 원숭이가 더 내려왔다. 산길이어서 종종 원숭이를 만나긴 했지만 이렇게 코앞에서 본 건 처음이었다.

그들과 눈이 마주치지 않도록 조용히 돌아서서 조심조심 걸었다. 그런데 뒤따라 내려온 원숭이 두 마리가 무슨 이유에서인지 잔뜩 화가 난 채로 우리를 위협하면서 쫓아왔다. 200미터쯤 원숭이에게 쫓기며 걷다가 나는 이대로는 안 되겠다는 생각이 들었다. 이대로라면 원숭이들이 곧 나를 공격할 것 같았고, 나는 어떤 일이 있어도 지금 내 품에 안겨 있는 쿠리를 지키겠다 각오했다. 그렇게 결심했을 때 멀리서 우렁차게 짖는 소리가 들렸다. 리버 언니였다. 그 짖는 소리가 어찌나 반갑고 든든하던지. 원숭이들은 리버 언니의 우렁찬 소리를 듣고 쏜살같이 도망갔다.

'원숭이들을 쫓아 준 강하고 친절한 리버 언니는 현재 남자 친구 모집 중.'

오늘도 산책 중.

제4장. 벚꽃이 필 무렵

이웃 멍멍이에게
도움을 받았다.

우끼

마침 밖에서
낮잠 자던 중이었던
산책 친구 리버 언니.
힘세고 다정한
리버 언니 최고.

고마웟

괜찮아?

쿠리의 웃는 얼굴

✝

어쩜 이렇게 행복한 얼굴을 하고 있을까요

쿠리가 먹는 양이 너무 적어졌다. 그마저도 자기 힘으로 먹지 못하고 남편이 주사기로 먹여 주면 간신히 삼켰다. 물도 스포이트로 먹여 줬다. 몸에는 거의 힘이 들어가지 않아서 안아 줘도 스르륵 미끄러졌다. 야위고 축 늘어진 쿠리의 모습을 보는 게 안타까운 날들이었다.

산책할 때면 쿠리를 안고 천천히 걸었다. 긴 시간은 힘들어할 것 같아서 집 근처를 잠깐 걷는 정도였지만 하루도 거르지 않고 매일 나갔다. 이렇게 안쓰럽고 약한 아이를 안고 걸어가는 모습이 남들이 보기에는 좀 이상한 광경이 었을지도 모른다. 하지만 남들이 어떻게 생각하건 어떤 모습으로 보였건 산책은 우리에게 최고의 시간이었다.

어느 날, 언제나처럼 쿠리를 안고 산책하는데 산책 친구가 말을 걸었다. 멋진 검은색 리트리버 친구였다. 2년 전만 해도 아기 강아지였는데 이제 우리 쿠리보다 3배는 커 보였다. 우리는 산책 시간이 비슷해서 자주 마주쳤는데, 리트리버와 보호자는 쿠리가 서서히 약해져 가는 모습을 잘 알고 있었다. 최근에는 멀리까지 산책하지 않아서 이날 은 오랜만에 그들을 만났다.

리트리버 보호자가 "쿠리는 좀 어때요?"라고 물으면 서 내 품속을 들여다보더니 헉하고 숨을 삼켰다. "세상에, 어쩜 이렇게, 이렇게 행복한 얼굴을 하고 있을까요?" 쿠리 의 얼굴을 보고 그렇게 말했다. 그 어떤 말보다 기쁜 말이 었다.

'그렇구나. 쿠리는 행복하구나. 얼굴에 표가 날 만큼 행복하구나. 다행이다. 나도 웃는 얼굴로 있자!'

그렇게 생각했다. 슬퍼하고 있으면 쿠리에게 바로 들킬 테니 어떻게든 웃는 얼굴로⋯⋯.

제4장. 벚꽃이 필 무렵

물을 잘 먹지 못하게 돼서
스포이트로 먹여 줬다.

휘익

노령견 돌봄은
가슴이 저릿하지만
함께 웃으며
지내고 있다.

무지개다리

이렇게 눈부시게 맑은 날에

그날은 오후에 손님이 와서 남편도 집에 있었다. 손님을 배웅하고 한숨 돌리며 시계를 보니 4시가 지났다.

"산책 다녀올게."

늘 그렇듯 남편한테 말하고 케이지에서 자고 있는 쿠리를 데리러 갔다. 쿠리를 안자 쿠리는 잠시 눈을 깜박였다. '오늘도 귀엽네♡'라고 생각하며 쿠리의 얼굴을 바라보다 현관문을 열고 밖으로 나가려고 할 때, 쿠리가 무슨 말을 하고 싶은 듯 입을 움직이며 희미하게 소리를 냈다.

제4장. 벚꽃이 필 무렵

"아우우……."

웬일로 무슨 말을 하고 싶은 건가 싶어 신이 나서 웃으며 쿠리에게 물었다.

"왜요오?"

쿠리는 내 목소리를 듣더니 다시 편안한 표정으로 눈을 깜박였다. 그리고 언제나처럼 강변길로 나와서 언제나처럼 강을 바라봤다. 본격적인 여름을 맞이하기 직전인 산에는 평온한 바람이 불었고, 초록빛 나뭇잎이 바람에 흔들리는 소리가 무척 듣기 좋은 날이었다.

'날씨 참 좋지' 하고 말을 걸려고 쿠리의 얼굴을 보니 쿠리도 기분이 좋은 듯 웃으며 이쪽을 보고 있었다. 그리고 쿠리는 그대로 움직이지 않았다. 이렇게 눈부시게 맑은 날에 쿠리는 무지개다리를 건넜다.

17살 11개월,
쿠리는 물도 밥도
먹지 못하게 됐다.

산책 갈까?

늘 같은 시간.

늘 같은 강변길.

제4장. 벚꽃이 필 무렵

쿠리가 내 품속에서
움직이지 않았다.

평온한 마지막이었다.

제4장. 벚꽃이 필 무렵

제4장. 벚꽃이 필 무렵

마음이 멈춘 날

✛

마지막으로 따스할 때 안아 줘

마음이 멈춰 버렸다. 내 팔과 다리는 심장 소리처럼 덜덜 떨렸다. 움직이지 않는 쿠리를 안고 집으로 돌아가기 위해 걷기 시작했을 때, 오른발 왼발 번갈아 움직이는 내 다리가 어색하게 느껴졌다.

평소보다 일찍 돌아온 우리를 걱정해서 현관 앞에 마중 나온 남편이 쿠리의 얼굴을 보고 바로 알아차렸다. 그리고 빙그레 웃으며 말했다.

"다행이다, 다행이네⋯⋯."

제4장. 벚꽃이 필 무렵

그러자 눈물이 걷잡을 수 없어졌다. 그대로 현관 앞에서 큰 소리로 울었다.

우리 집은 산속에 있다. 수없이 쿠리의 이름을 부르는 내 목소리는 바람에 흔들리는 나뭇잎 소리에 지워졌다. 아무리 소리쳐도 아무리 울어도 전부 바람이 가져가 버리고, 품속의 쿠리는 그런 내 모습을 평온한 표정으로 지켜보는 것 같았다. '실컷 울어도 괜찮아'라고 하는 것 같아서 솟구치는 슬픔을 남김없이 토하기로 했다.

산바람은 술렁술렁술렁. 아무것도 달라지지 않았다. 쿠리에게 배운 것을 떠올렸다. 힘들 때는 참지 말고 울면 된다던. 마음껏 울었다. 나이도 먹을 만큼 먹은 어른이고 뭐고 생각하지 않고 그냥 펑펑 울었다.

"거짓말, 싫어. 가지 마, 가지 마. 쿠리야."

어떤 말이든 참지 않고 소리쳤다. 몇 번이고, 몇 번이고.

현관 앞에서 얼마나 울었을까. 목소리가 쉬는 걸 느

겼다. 내 품속에 있는 쿠리의 체온이 조금씩 사라져 갔다. 그제야 옆에 있는 남편이 생각났다.

"아직 따스할 때 안아 줘."

쿠리를 남편에게 안겨 줬다. 남편은 아무 말도 하지 않고 부드럽게 쿠리를 안았다. 쿠리는 여전히 정말 행복한 표정으로 눈을 감고 있었다.

나중에 남편이 말하기를 쿠리가 여행 떠나는 그 순간은 가족의 품속이기를 기도했다고 한다. 시로가 할머니 품에 안겨서 떠난 것처럼. 내가 운 좋게 그 순간을 함께한 것은 아니다. 쿠리가 나를 걱정해서 얼마 남지 않은 시간을 내가 데리러 올 때까지 소중하게 아껴 둔 것이다.

쿠리가 여행을 떠났다. 쿠리가 갖고 있는 생명의 마지막 한 방울까지 나와 함께 있어 줬다.

고마워 잘 다녀오렴

+

오전 11시의 하늘은 기적적으로 맑았다

다음 날까지의 기억은 어째선지 부옇다. 현관 앞에서 펑펑 운 뒤 집으로 들어와 쿠리를 침대에 눕혔다. 거실 텔레비전 앞에 쿠리 침대를 갖다 놓고 그곳에 나도 같이 누웠다. 그리고 쿠리에게 남아 있는 희미한 체온이 사라질 때까지 줄곧 쓰다듬었다. 남편과 둘이 눈물범벅이 된 서로의 얼굴을 보며 또 한참 울었다. 텔레비전은 언제나처럼 왁자지껄하고 방에도 불을 환하게 켜서 밝았지만, 모든 것이 진짜가 아닌 것처럼 느껴졌다.

제4장. 벚꽃이 필 무렵

이웃 마을에 사는 할머니에게는 남편이 전화하고, 도시에서 학교 다니고 있는 딸에게는 내가 전화했다. 지금 생각하니 마음이 갈기갈기 찢어진 상태였던 내가 용케 전화를 했구나 싶다. 행복해 보이는 쿠리의 얼굴을 보면서 그 손을 잡고 전화했다. 딸은 각오하고 있었는지 울면서도 차분했다. 딸에게 쿠리는 언제나 우리 곁에 있을 거고 앞으로도 마찬가지일 거라고 했다.

당장 만나러 올 수 없는 딸을 위해 쿠리의 사진을 한 장 찍어서 보냈다. 그 사진은 딸에게 보내 준 뒤, 그 뒤로 아무에게도 보여 주지 않았다. 지금도 내 휴대전화 속에 있고, 앞으로도 줄곧 여기에 있을 것이다.

다음 날, 텔레비전 날씨 예보에서 호우 소식을 듣고 아차 싶어 정신을 차렸다. 쿠리는 비를 무척 싫어했다. 폭우 소리에 놀라 몇 번이나 패닉에 빠진 적도 있다. 빗속에 보내면 미아가 될 것 같아, 비가 내리기 전에 보내야겠다고 마음먹고 서둘러 움직였다.

"오늘은 예약이 꽉 차서 내일밖에 안 됩니다."

반려동물 장례식장 안내 여성의 목소리가 이상하리만큼 또렷하게 기억난다. 사고가 멈춰 나는 통화 중에 말을 잃었다. 내일은 호우가 온다는데…….

"아, 오늘 오전 11시에 한 자리가 남아 있네요. 시간이 촉박한데 오실 수 있겠어요?"

"갈 수 있습니다! 부탁합니다!"

바로 준비했다. 어떡하지, 뭘 갖고 가면 되지? 남편 냄새가 밴 수건과 내 무릎 담요, 딸의 목도리 그리고…….

차로 30분 거리에 있는 반려동물 장례식장은 시로를 보낸 곳이기도 했다. 쿠리 장례식에는 오늘 하루 일을 쉬기로 한 남편과 이웃 마을에 사는 할머니도 참석했다.

반려동물 장례식은 사람처럼 제대로 된 형식이 있는 건 아니어서 작은 방에서 마지막 인사를 하게 해 줬다. 반려동물을 떠나보내는 순간, 많은 보호자들이 '그럼 또'라고 인사하는 걸 SNS에서 봤다. '또 만나자'는 의미이리라. 나는 마지막에 무슨 말을 할지 황급히 나오느라 미처 생각하지 못했다. 막상 그 순간이 되면 아무 말도 하지 못할 것 같다. 남편과 할머니와 셋이 번갈아 가며 쿠리를 하염없이 쓰다듬은 뒤, 쿠리에게서 한 걸음, 두 걸음 물러섰다. 장례식장 직원이 쿠리의 관에 손을 댈 때 나도 모르게 그걸 뿌리치고 한 번 더 쿠리의 몸에 얼굴을 갖다 댔다. 쿠리의 뺨을 만지자, 쿠리는 이미 텅 빈 껍데기처럼 느껴졌다. 하지만 쿠리의 마음과 이어진 끈은 아직 남아 있었다.

"고마워, 잘 다녀오렴."

쿠리에게 그렇게 말하고 하얀 앞발 아래 넣어 둔 봉투를 확인했다. 봉투에는 쿠리가 건강했을 때 찍은 가족사진 한 장을 넣어 두었다. 만약 무지개다리를 건너다 길을 잃어 미아가 돼도 이걸 보여 주면 바로 가족을 찾을 수 있도록.

오전 11시의 하늘은 기적처럼 맑았다. 쿠리는 비를 피해 무지개다리를 잘 건넜겠지.

제4장. 벚꽃이 필 무렵

쿠리 사진첩 ②

✛

발에 전해지는 쿠리의 온기.

그 손 귀엽네.

단풍 속에 흔들리는 하얀 꼬리.

혼자 열심히 몸을 지탱하는 뒷모습.

내 발 위에서 휴식.

제4장. 벚꽃이 필 무렵

산책은 즐거워.♡

담요에 폭 감겨 있는 쿠리.

웃으면서 자고 있는 쿠리.

산책 다녀오겠습니다!

내가 보면 시선을 돌리는 츤데레.

엄마 품에 안겨 있는 걸 좋아해.

제4장. 벚꽃이 필 무렵

숲이 잘 어울리는 쿠리.

마지막으로

+

쿠리가 떠난 뒤로 줄곧 울며 지냈다. 그야말로 엉엉 울며 지냈다. 트위터에도 쿠리가 무지개다리를 건넜단 사실을 한동안 말할 수가 없었다. 내게 쿠리와의 끈이 또 하나 없어지는 것 같아서 손을 대지 못했다. 트위터에서 쿠리는 아직 내게 안겨서 웃고 있다. 나는 쿠리와 헤어질 용기를 내기 위해 좀 더 시간이 필요했다.

실은 이 무렵 트위터에 몇 건의 취재 요청이 들어왔지만 나는 아무 답장도 하지 못하고, 아직 쿠리가 살아 있는 것처럼 계속 글을 올렸다. 거짓말쟁이였다…….

쿠리가 무지개다리를 건너고 며칠 후, 남편과 함께 쿠리가 없는 산책길을 걸었다.

"쿠리는 지금쯤 뭐 하고 있을까?"

우리 집 멍멍이는 열일곱

"아마 우다다다다 뛰어다니고 있을 거야."

우다다다다 뛰어서 멀리 갔다가 또 우다다다다 뛰어 돌아와서 내 발밑에서 웃고 있을 것 같은 기분이 들었다. 쿠리가 없는 것은 너무 슬펐지만 한편으로 나는 안도했다. 쿠리가 비로소 자유로워졌다는 생각이 들었다. 아픈 몸에서, 아무것도 보이지 않고 아무것도 들리지 않는 고요한 세계에서 벗어나 자유다.

산책길에서 커다란 무지개를 봤다. 산속에서 무지개를 보는 건 드문 일이다. 쿠리가 우리를 위로해 주고 있는 걸까? 아니다. 우리 쿠리는 겁쟁이고 고집쟁이고 츤데레다. 무지개다리를 종횡무진 뛰어다니며 언제나처럼 꼬리를 빙글빙글 흔들고 있을 것이다. 이제 어디로든 달려갈 수 있겠지.

한 달 뒤, 나는 트위터에 쿠리가 떠났다는 글을 올렸다. 쿠리는 보이지 않게 됐지만, 분명 가까이에서 보고 있

을 거다. "오늘부터 건강하게!" 결의에 찬 혼잣말이었다. 그리고 그제야 취재 문의에 답장을 보냈다. 쿠리는 이미 무지개다리를 건넜다는 사실도 얘기했다. 그 가운데 쿠리 이야기를 책으로 내 보지 않겠냐는 제안을 받았다. 말도 안 되는 소리라고 생각하며 가족에게 얘기했더니 "쿠리가 그림을 더 그려 줬으면 하는 게 아닐까? 쿠리도 무척 기뻐할 거야"라고 말했다.

"그런 거야?" 하고 쿠리에게 물어보니 언제나처럼 쿠리는 내 발밑에서 웃고 있다. 내 무릎에 앞발을 걸치고 웃더니 이내 쌩 하고 어딘가 총총걸음으로 가서는 저 멀리서 돌아보고 또 웃고 있다. 젊고 건강했던 때의 모습 그대로.

우리 집 멍멍이는 열일곱

초판 1쇄 인쇄일 2025년 1월 7일
초판 1쇄 발행일 2025년 1월 20일

지은이 사에타카
옮긴이 권남희

발행인 조윤성

편집 유나영 **디자인** 정은경 **마케팅** 최기현
발행처 ㈜SIGONGSA **주소** 서울시 성동구 광나루로172 린하우스 4층 (04791)
대표전화 02-3486-6877 **팩스(주문)** 02-598-4245
홈페이지 www.sigongsa.com / www.sigongjunior.com

ISBN 979-11-7125-559-7 (03830)

*㈜SIGONGSA는 시공간을 넘는 무한한 콘텐츠 세상을 만듭니다.
*㈜SIGONGSA는 더 나은 내일을 함께 만들 여러분의 소중한 의견을 기다립니다.
*잘못 만들어진 책은 구입하신 곳에서 바꾸어 드립니다.

WEPUB 원스톱 출판 투고 플랫폼 '위펍' __wepub.kr
위펍은 다양한 콘텐츠 발굴과 확장의 기회를 높여주는
SIGONGSA의 출판IP 투고·매칭 플랫폼입니다.